사진과 시

사진과

↕

시

그림자가 사라지는 시간　　　　　　　　12:00:00

이제부터의 나의 글은 사진의 원리나 속성에 대한 고찰이 될 수 없다. 사진과 시의 실체에 접근해보려는 무망한 노력은 더욱 아니다. 사진과 시라는 매체를 수용하고 수행함으로써 발생해온 나 자신에 대한 중얼거림. 이쯤이 적당한 설명이겠다.

사진에 대해서라면 이를 것이 없다. 어렴풋하게 눈치채고 있는 사실이 있다면 사진이란 그 스스로 경계가 된다는 것이다. 사진은 그림도 아니고 영화도 아니다. 사물도 아니고 객관적 실체나 주관적 관점도 아니다. 물론 시도 아니다. 사진은 보여줄 뿐이며 보여준 뒤 굳게 침묵을 지킨다. 과거로부터 현재에 이르는 사진은 침묵을 통해 미래로 나아간다. 경계에서 경계가 되어서 사진은 무엇이든 될 수 있다. 동시적으로. 의미의 바깥에서.

하나는 확실하다. 사진과 시는 결부되어 있지 않다는 것이다. 둘 사이에는 많은 유사성이 있어 보이고 그런 이유로 자주 같이 놓이곤 한다. 하지만 곱씹어볼수록 사진과 시의 사이는 점점 더 헐거워지고 만다. 멀어지고 멀어지므로 어느 지점에선가 나는 '사진과 시를 나란히 두고 보기'를 포기하고 말았다. 그런데도 아무런 문제가 없다. 오히려 마음이 편안하다. 사진과 시, 둘을 사랑함에 있어 거리낌이 없어졌다. 이제와 생각해보면 시와 사진, 사진과 시를 붙이거나 떼어내기 위한 노력을 내 마음이 완강히 거부하고 있었는지도 모른다. 사진을 찍거나 보는 일로 시를 쓰거나 읽는 행위를 대체할 수 없으며 그 역도 마찬가지라는 생각은 절박함이나 기대 혹은 욕심이 사라지게 한다. 내키는 만큼 중얼거리며 사진을 찍거나 시를 쓸 수 있게 되는 것이다.

산문집의 제목은 일찌감치 『사진과 시』로 정해졌으나, 쓰는 도중에 『사담』으로 바꾸고 싶어졌다. 쓸 때의 태도도 원고의 내용도 사담이 아닐 수 없었다. 시리즈가 아니었다면 기어코 관철시켰을 것이다. 부를 나누고 각각 '사담'이라 정한 이유이다. 사담에는 몇 가지 뜻이 있는데, 내가 이르는 사담이란 사사로운 이야기로 '사담私談'이고 짐을 내려놓는다는 의미에서 '사담卸擔'이며 사적私的 역사에 대한 고백으로 '사담史談'일 것이다. 그 어느 쪽이어도 무관하다. 두고 벗어나기 어렵다는 점에서 모래 웅덩이 '사담沙潭'이면 어떤가 싶다. 내가 찍은 것, 내가 쓴 것은 모두 증거이며 채집되었고 나를 증명한다. 나는 그로부터 한 발짝도 나서지 못한다.

「사담」에 등장하는 나의 어머니와 아버지, 외할아버지, 쿠쿠, 존경하는 사진가들을 비롯해 크고 작은 연을 맺어온 사람들을 오래 생각했다. 그들은 내게 빛이었다. 항상 내 곁에서, 볼 수 있게 해주었고 본 것의 의미를 알려주었다. 내가 적은 건 흔적에 불과하다. 그리고 그다음은 침묵이다.

언제나 다음은 침묵이다. 침묵은 끝이 아니다. 지나온 시간이며 그리움이고 미래로 가는 통로이자 한 사람을 떠올리는 마음이다. 이 책을 읽는 친애하는 당신과 내가 '우리'라는 범주로 묶이기 위해서도 침묵이 필요하다. '우리'는 침묵을 사이에 두고 주고받게 된다. 시와 사진이 만나는 자리도 침묵의 영역에 마련된다. 침묵으로부터 시는 출발하고 침묵에 닿아 사진은 완성된다. 침묵에 대한 믿음. 침묵으로부터의 사랑.『사진과 시』라는 무모한 제목은 이를 전제로 가능해진다.

차례

III. 시

I.

——

사
담

2001년,
카메라를 갖게 된 첫날 8MB

마분지로 만든 카메라 상자.
검은 소파 위 동물 인형들.
싱크대 앞에 선 어머니의 뒷모습.
옥상의 남색 철제 계단.
도망가는 고양이들.
아버지로 짐작되는 사람 정수리.
그림자 그림자 그리고 신발 코.
열쇠 가게에 진열되어 있는 자물쇠.
버스의 정면과 측면과 남은 사람들.
전자제품 상점의 진열창.
끊임없이 번지고 비껴 나아가는 골목들.
어리고 하얀 왼손.
왼손의 주인이 신고 있는 샌들.
떨어지거나 떨어뜨린 사물들.
금이 가 버려진 거울.
반사되어 되비친 나.

막 여행에서 돌아온 참이었다. 책상 위에 디지털카메라 상자가 놓여 있었다. 이게 뭐야. 나는 조금 더 목소리를 높여 물었다. 이게 뭐야.

+

어머니는 순순히 바람을 들어주는 사람이 아니었다. 엄격함이 교육상 더 좋다고 믿었는지도 모른다. 덕분에 나는 그 흔한 게임기 하나 가져본 적 없다. 12단 기어가 달린 자전거는 반년 넘게 졸라서야 얻을 수 있었고, 그마저 도둑을 맞자 네게 자전거를 사주는 일은 없을 것이라는 단언을 들어야 했다. 물론 실행되었다. 가난해서는 아니다. 남달리 유복한 것까진 아니었어도 그럭저럭 남부럽지 않은 살림이었다. 교과서에서 '중산층'이라는 표현이 나오면 나는 우리 집을 떠올렸다. 그래서 더 서러웠다. 또래 친구들이 가질 수 있는 것을 내가 갖지 못하는 이유를 알 수 없었다.

+

　　그러니 되묻지 않을 수가 없었다. 생일도 아
니고 크리스마스도 아니고 느닷없이 책상 위에 디
지털카메라 상자가 놓여 있을 때, 이게 뭐야. 내가
할 수 있는 유일한 반응이었다. TV 홈쇼핑에서 싸
게 팔길래. 어머니는 별일 아니라는 듯 대꾸했다.
고작 그런 이유라니. 믿을 수가 없어서 한참 상자
를 내려다보았다. 장난일지도 몰라. 빈 상자가 아
닐까. 하지만 나의 어머니는 만만하지 않은 사람인
동시에 더없이 진지한 사람이기도 하다. 상자를 열
어보았다. 소니 디지털카메라가 정말 그 안에 들어
있었다. 망설일 필요가 없었다. 나의 첫 카메라를
집어들었다.

+

나는 기다리고 있다. 더 가까워지기를. 당신이. 당신이라 불러도 되겠지. 눈이 내리고 있으니까, 당신. 바람이 거세다. 멀리 차들이 내달리고 있다. 그런 소리가 아주 잘게 쏟아지고 있는 눈과 섞여 고요하다. 하늘을 올려다본다. 멀리 있는 눈은 까맣다. 그렇게 보인다. 각기 다른 곳에 기착하여 쌓여가고 있다. 사라질 무게로. 쌓인 눈은 하얗다. 나는 오른손으로 카메라를 들고 왼손으로 카메라를 가리고 있다. 물은 렌즈와 카메라에 치명적이다. 렌즈와 카메라 속으로 스며들어 유영 끝에 뿌리를 내리고 곰팡이로 자란다. 부품들을 녹슬고 어긋나게 만든다. 그런데도 이 눈보라 속에서 굳이 카메라를 들고 있다. 왼손으로 만든 가림막은 허술하다. 하지만 다른 수가 없다. 기다리고 있으니까. 당신을. 당신이 가깝게 오는 순간을. 카메라를 집어들 때마다 바라왔던 내심의 장면이 실현되기를. 결국 실망하겠지. 과연 내심의 장면이 있기는 한 것일까. 셔터 버튼을 누르는 아주 짧은 순간, 언제나 나는 의심한다. 의심은 갈래를 나눈다. 내가 본 것이 사진으로 마땅한가. 사진으로 마땅함이란 '무 엇'이라고 정의할 수도 없는데도, 나는 찍으려는 것, 찍힌 것을 분별하려고 든다. 제대로 찍혔는가. 사진은 보이는 대로 상상하는 만큼 찍히지 않는다. 기계는 정해진 값을 수행한다. 거기에는 오차가 거 의 없겠지. 변하는 것은 파인더 너머, 렌즈가 가리 키고 있는 피사체이다. 떨면서 깜빡이면서 지워지 면서 둘러싸이거나 흩어지면서 순간은 순식간에 변화한다. 현상 앞에서 오차 없음이 그 자체로 오 류가 되는 신비. 카메라의 뒤편에 놓여야 하는 나 는 어떤가. 지금 고요한 눈보라 속에, 차가워진 몸 으로 내가 기다리는 당신의 순간. 언젠가는 녹아버 릴 눈처럼 또 어떤 마음은 무화되고 말 것이다.

+

　　카메라 선물은 어머니 식의 극복이었는지도 모른다. 카메라는 어머니의 불행과 직간접적으로 연결되어 있다. 어머니의 유년에 있어 납득하지 못할 불행함 혹은 빌린 적이 없는 부채의 상징인 카메라를 전화 한 통으로 손쉽게 사들임으로써 자신의 처지 변화를 확인하려고 했었던 것은 아닐까. 그렇다면 나에게 선물한 카메라는, 자신을 옭아매었던 불행한 유년과의 고리가 마침내 끊어졌다는 선언이 되리라. 물론 당신이 카메라를 어떻게 생각하는지, 홈쇼핑 화면에 카메라가 보였을 때 왜 나를 떠올렸는지 직접 물어보면 되겠지. 하지만 막상 입을 떼어 물어보려 하면 어떤 힘이 나를 붙든다. 묻지 말라고. 간단히 묻고 답할 수 있는 내용이 아니라고. 결국 지금껏 묻지 못했다.

+

옛날 일.
모노크롬.
빛에 의해 양분되는 흑과 백.
뒤섞여 덩어리진 흑백 속에
두 사람이 있다.

외할아버지와 어머니.

+

어질러진 책장을 정리하던 밤. 책을 꽂고 빼기를 반복하던 어느 순간 손을 멈췄다. 책장 깊숙이 넣은 손끝에 무언가 닿았다. 그리운 감각이다. 나는 대번에 그것의 정체를 알아챘다. 멀뚱한 표정을 연상케 하는, 세로가 긴 형식에 상판의 뚜껑을 열면 파인더가 나타나는 이안반사식Twin-Lens-Reflex 카메라 롤라이플렉스Rolleiflex. 낡은 가죽 냄새를 풍기는 물건을 내려놓고 멍하니 보기만 했다. 난데없는 물건이 튀어나와 놀란 것은 아니다. 의심할 수 없이 내 것, 내 카메라니까. 다만 현기증 날만큼 아득해졌다. 잃은 것이 아니라 잊었기에. 얼마나 되었을까. 가늠도 되지 않는 긴 세월. 그 시간이 한꺼번에 몰아닥친 듯 아찔하기도 했거니와, 한편으론 미안했다. 그동안 한 번도 찾지 않았다. 이따금 떠올라도 어딘가 있겠지, 대수롭지 않게 넘기고 말

21

앉다. 카메라를 들고 이리저리 살펴보았다. 먼지에 뒤덮인 것 빼곤 멀쩡한 듯싶었다. 손은 아직 카메라를 기억하고 있었던 모양이다. 어렵지 않게 찰칵, 셔터 버튼을 눌러볼 수 있었다.

+

롤라이플렉스는 위아래로 나란히 붙은 두 개의 렌즈를 가지고 있다. 그중 하나는 본다. 다른 하나는 담는다. 하나는 거울을, 다른 하나는 필름을 감추고 있다. 보고 담는 과정을 통해 그것은 카메라가 된다. 나는 나를 생각한다. 나는 오른쪽 눈으로만 볼 수 있다. 왼쪽 눈은 어느 해 초여름 영영 상실해버렸다. 한쪽은 본다. 한쪽은 보지 못한다. 그리하여 나는 무엇이 되는 것일까. 한쪽은 보고 다른 한쪽은 담는 중이라면. 그렇다면 좋을 것이다. 한쪽만 남았다는 불안을 잠재울 수 있을 테니까.

+

롤라이플렉스는 지금 내 책상 위에 있다. 그러고 보니 벌써 20여 년 전 일이다. 나는 어느새 이편에 서서 저편을 바라보고 있다. 대체 언제 어떻게 이편으로 건너왔는지 알 수 없다. 아뜩한 저편의 내가 배웅하듯 이편의 내게 손을 흔들고 있다. 카메라를 들어 찍어주고 싶네. 해줄 말 같은 건 없어.

+

카메라에 푹 빠져 있던 어느 날의 나에게 어머니가 물었다. 너 외할아버지 카메라 써볼 생각이 있니? 외할아버지는 일제강점기에 일본으로 유학을 다녀온 엘리트였다. 해방 후에는 유능한 공무원이었으며, 언제나 맞춤 정장을 입고 다니는 멋쟁이였다. 서예, 테니스, 사진 등 다방면에 출중하여 어디서나 인기가 있었다고 한다. 그런 그에게 부족한 것이 있다면 책임감과 경제 관념이었다. 덕분에 나의 어머니는 결혼하기 전까지 단칸 사글셋방을 전

전해야 했고 늘 외할아버지가 가족 몰래 진 빚에 쫓겨 살아야 했다. 단칸방에 살던 어머니와 외삼촌이 드디어 방 두 칸 집으로 이사하던 날 카메라 가게 사장이 찾아와, 너희 아버지의 외상 빚을 갚으렴. 결국 방 두 칸 집을 포기하고 도로 단칸방으로 이사한 사연에 대해 들은 적 있다. 나는 이제 내 것이 된 롤라이플렉스를 들여다본다. 너 때문에 진 빚이었을까. 카메라는 대답하지 않는다. 노년의 외할아버지는 궁핍해졌다. 어머니의 속셈은 부친의 카메라를 구입하는 척 목돈을 건네려는 것이었겠지. 한창 빛을 고착시켜 만들어가는 이미지와 기계에 빠져 있던 당시 나는 마다할 이유가 없었다. 외할아버지의 카메라가 어떤 것이든, 얼마 정도의 가치를 가진 것이든 말이다. 나에게 오려는 빛이 된 빚.

+

　　며칠 뒤 볕 좋은 토요일 외할아버지를 만났다. 잿빛 페도라를 쓴 그가, 고래 눈알만큼 귀한 카

24

메라니 조심히 사용해야 한다고, 마치 거저 물려주는마냥 당부하며 건넨 카메라가 롤라이플렉스였다. 세상에. 절로 벌어진 입을 다물 수가 없었다. 신나서 어깨마저 들썩이는 나를 물끄러미 바라보던 그는 별안간, 같이 갈 곳이 있다며 일어났다. 도로 돌려달라 하실지도 모른다. 그럴 수도 있는 분이다. 불안에 사로잡혀 어쩔 줄 모르는 나를 데리고 외할아버지는 혼잡한 종로 뒷골목을 이리저리 꺾어 들었다. 그가 멈춰 선 곳은 오래된 필름 가게 앞이었다. 슬라이드 필름 두 통을 사서 건네며 말씀하셨다. 가서 찍어 보거라. 나를 닮았다면 자질이 있겠지. 나는, 고작 필름 두 통이라니, 속으로 투덜대면서 그와 헤어졌다. 그것이 그와의 마지막 독대였다. 식사나 차 한 잔은커녕, 종로의 허름한 필름 가게 앞에서.

+

"나를 닮았다면 자질이 있겠지."

+

　　종이 포장을 풀어낸 중형 카메라용 120 포맷
필름을 바디 안쪽에 넣은 뒤 레버로 감으면 촬영
준비는 끝난다. 찍을 수 있는 장 수는 열두 컷 아니
면 스물네 컷. 이제 스물네 컷 필름은 제작되지 않
는다. 현상된 필름은 6×7cm 정방형이다. 롤라이플
렉스는 거리 사진가 비비안 마이어^{Vivian Dorothy Maier}
덕에 다시 한번 주목을 받게 된다. 그녀는 롤라이
플렉스를 목에 걸고 수천수만 장의 사진을 찍었고
그중 다수는 셀프 포트레이트^{Self-Portrait}였다. 그는
자신의 사진들을 트렁크 안에 숨겨놓았는데, 우연
히 발견되며 알려지기 시작했다. 그녀가 사랑한 피
사체는 쇼윈도와 거울에 비친 자기 자신이었다. 주
시하기를 주시하기. '찍음'와 '찍힘'의 능동과 수동
이 만날 때, 정반대에 놓인 행위가 겹쳐질 때, 촬영
자와 피사체가 포개어질 때, 닮음과 다름의 경계가
허물어질 때, 확장되고 확대되는 세계. 기억 속에
나의 모습이 포함되고, 꿈에서 내가 나를 볼 수 있

는 것처럼 나는 나의 원형과 마주 본다.

+

　사진가들은 롤라이플렉스를 잊은 적이 없다. 잊을 수가 없다. 한 시절 카메라의 상징과 같기 때문이다. 속도와 무게 그리고 직관적 편리의 측면에서 도태되었지만 사진은 그런 것과 무관하다. 롤라이플렉스는 롤라이플렉스만의 사진을 남긴다. 롤라이플렉스가 아니고서는 드러낼 수 없는 이미지. 이를테면 비비안 마이어의 셀프 포트레이트. 나는 롤라이플렉스로부터 잊히지 않고 기억된다. 기억된 나에게는 한 겹이 더 덧씌워져 있다. 나와 외할아버지. 같지만 다른 의미-이미지.

+

　아니다. 잊고 있었다. 외할아버지를 마지막으로 뵈었던 것은 내 신춘문예 시상식 날이었다.

수상자들은 조금 더 일찍 와야 한다기에 한 시간 쯤 전에 도착한 신문사 로비에 그가 앉아 있었다. 평소와 같이 말끔한, 잿빛 페도라에 맞춤 정장 차림이었다. 먼지 하나 없는 그의 구두코를 내려다보았다. 여전하시군. 더욱 쪼그라든 살림에도 차림에 있어 허술해서는 안 되는 것이다. 손자가 신춘문예에 당선이 되었다는데 내가 빠질 수 있겠니. 예전 같으면 과거 급제인 거다. 못마땅했다. 아닐걸요. 물론 나는 머릿속에 떠오른 대거리를 입 밖으로 꺼내지는 않았다. 어찌 되었든 나는 그의 손자. 그의 기쁨에 재를 뿌릴 수는 없는 노릇이었다. 그것이 정말 마지막이다. 이후 그의 삶에 대해서는 아는 바가 없다. 그가 요양병원에 입원했을 적에도 나는 찾아가지 않았다.

+

솔직히 말하면 나는 외할아버지가 미웠다.

롤라이플렉스의 큼직한 파인더를 처음 접하는 사람들은 시각적 혼란을 겪게 된다. 왼쪽과 오른쪽이 뒤바뀌어 있기 때문이다. 상단 렌즈를 통해 들어온 빛은 한 장의 거울을 거쳐 파인더 위에 맺히는데, 이 과정은 뒤집힌 위아래는 해결하지만 좌우는 바로잡지 못한다. 여러 개 거울을 덧대 피사체를 보는 SLR^{Single-Lens-Reflex} 카메라의 펜타프리즘 ^{Pentaprism} 시스템에 비하면 소박하기까지 한 역상. 보는 것과 보이는 것의 불일치적 일치. 같은 현상의 다른 인식. 같지만 다르며, 다르지만은 않다는, 꼭 그와 같은 혼란을 나는 늘 외할아버지라는 존재로부터 느낀다. 하나부터 열까지 나는 그를 닮았다. 내게 재능이라는 것이 있다면 물려받았음이 틀림없다. 내게 못되고 이기적인 구석이 있다면 이 역시 그로부터 물려받은 것이다. 언제부터인가 나는 그 사실을 알고 있었다. 문학을 하는 것도 사진에 매력을 느끼는 것도 이기적이고 책임감이 없는 것도 허세를 부리며 호사를 탐하는 것도 모두 그를 닮았기 때문이라는 것을. 그 사실이 몸서리치게 싫었다. 그가 미웠다. 그처럼 살기 싫었다. 그를 닮은 내가 싫었다. 아직도 나는 내 안의 그와 반복하여 반목하고 화해한다. 멀리서 유전되어온 역상이다.

+

아직도 모르겠다. 나는 외할아버지를 받아들이게 될까. 수용하여 극복하게 될까. 간소하게 차려놓은 그의 빈소에서 나는 어머니에게 물어보고 싶었다. 그래서 어머니는, 어떠십니까. 그러나 무엇이. 목적어에 해당하는 단어를 찾지 못했으므로 다시 해결이나 치유, 극복과 같은 상태는 기약 없이 미루어지고 말았다. 언제쯤 가능해질까. 어떤 단서든 찾아야 한다. 어머니가 어머니 몫으로 남겨진 것을 해결할 수 있도록. 내가 알아야 할 것과 잊어야 할 것을 분별하고 결정을 내릴 수 있도록. 롤라이플렉스의 파인더를 펼쳐본다. 그것이 보여주는 세계는 여지없이 좌우가 뒤집혀 있다. 이 카메라는 외할아버지가 세상에 남겨둔 유일한 사물이다. 그것이 하필 카메라라는 사실이 기묘하고 애틋하다. 어느 한곳을 오래 응시하게 만드는 물건인 까닭이다. 엄밀히 말해 이 오래된 카메라는 제값 이상을 치르고 얻었지만, 유산이 아닐 수 없다.

+

나는 오래전 그가 들여다보았던 파인더를 들여다보고 있다.

+

시차時差. 동시에 시차視差. 사진을 찍는 일도 사진을 보는 일도 두 가지 시차 사이 어딘가에 머무는 일이다. 어쩌면 멈추는 일일지도 모른다. 우뚝. 그런 채 과거의 눈-시선과 조우하는 일. 서로 다른 눈-시선을 포개어 같은 것을 보는 사건. 온전히 동일해질 수 있을까. 우리는 매번 함께 한곳 보기를 상상한다. 더러는 가능하다고 믿고 때로는 불가능하다고 포기하면서, 정작 같은 곳을 보게 되기라는 희망은 그만두려 하지 않는다. 지금 내가 보고 싶은 것은 무엇일까. 글쎄. 분명히 알 수 있는 건 지금 여기에 없는 어떤 것이다. 현재에 속하지 않은, 과거에서 도래한 미래. 나는 사진이라는 과거의 기록을 통해서 미래를 체감하곤 한다. 지금, 지금, 지금에. 갱신되어 나아가는 듯한 착각이 사진에는 있다. 과거를 지금에 이르러 재생해낼 수 없다면 그것은 사진도 카메라도 아니게 된다. 우리는 과거의 미래에서 과거가 보여주는 미래를 본다.

+

과거의 기록은 때로 기억을 포함하지 않는다. 기록의 주어 혹은 서술의 대상이 나 자신이더라도. 자신이 나온 사진을 보면서, '여기는 어딜까' '무얼 하고 있는 중이지' 궁금해하지 않던가. 시간

개념이 뒤엉켜 시차가 발생할 때, 우리를 사로잡는 감정은 막연한 그리움이다. 아무리 기억나지 않거나 잊고 싶은 순간일지라도, 돌이킬 수 없다는 점에서, 다시 살 수 없다는 점에서, 쏟아지는 비처럼 우리를 젖게 한다. 어쩌면 우리가 포개어놓기를 바라는 것은 눈-시선이 아니라 시간일지도 모른다.

+

한 장의 사진을 기억해낸다. 사진이 담고 있는 사건에 대한 기억은 없다. 너무 어렸을 때의 일이다. 내가 그 사진에 대해서 알고 있는 정보는 모두 타인의 입을 통해 얻었다. 상황도 장소도 언어화되어 사진을 둘러싼다. 하지만 정보의 도움이 없더라도 사진은 나를 젖게 만들기에 충분하다. 완전히 상실되어버린 것만이 그 안에 묘사되어 있기 때문이다. 적어도 그 상실만큼은 나의 것이다. 잃어버렸다는 사실을 알고 있으니까. 이 사진과 뒤따르는 감정에 대해 한 편 글을 쓴 적 있다. 아마 어머니의 집 어딘가에 있을 바로 그 사진이 보고 싶어 대신 내가 쓴 글을 찾아본다. 세 시간쯤 샅샅이 뒤진다.

+

　　창경궁이 창경원이던 시절의 사진이다. 창경원은 한때 서울 유일의 유원지였다. 유원지. 노닐 유遊에 공원 시설을 의미하는 원園, 터 지地이며, 풀어내면 '놀이공원'이 된다. 요즘은 거의 쓰지 않는 단어이다. 사어가 되기에는 다소 아깝다. 따뜻한 볕 아래 한가로이 떠도는 기분이 잘 느껴지니까. 그러고 보니 요즘은 '놀이공원'이란 표현도 잘 쓰지 않는다. '랜드'니 '파크'니 하는 영단어로 바뀌었다. '유원지'나 '놀이공원'과 달리 '랜드'나 '파크'에서는 한적함 대신 롤러코스터와 바이킹, 거기서 들려오는 즐거운 비명과 거센 모터 소리, 그 아래 긴 줄이 떠오르고 돈 냄새가 풍긴다.

+

창경원에는 소소한 놀이기구와 동물원이 있었다. 일제강점기에 국격을 훼손하기 위한 책략으로 궁터에 만들어진 유원지는 1983년 해체되었다. 그 사진에 따르면 나는 그곳에 가본 적이 있다. 즐거운 시간을 보낸 적이 있다. 사랑만 받던 시절의 일이다. 손가락으로 짚어 이거, 저거라고 외쳤으리라. 그러면 모든 일이 가능해졌으리라. 그리고 집으로 돌아올 적에는 아마 깊이 잠들었겠지. 사진은 나의 추측을 고스란한 사실로 증명하고 있다. 사진 속 어린 나는 천진하다. 기쁨은 기쁨으로 슬픔은 슬픔으로 표현했을 것이다. 사진에 함께 포착되어 있는 아버지는 만면의 웃음으로 자신의 사랑을 증명하고 있다. 카메라 뷰파인더를 통해 바라보는 시선도 느낄 수 있다. 카메라를 들고 있는 사람은 분명 어머니이다. 카메라를 든 어머니의 의도-목적은 카메라에 포착된 아버지의 의도-목적과 완전히 동일하다. 지금 이 순간을 잊고 싶지 않다는 마음. 그들은 그때의 감정을 행복이라고 확신했을 것이다.

어째서 글을 썼을까. 사진을 통해 알게 된 사실을 기록하고 싶다는 어느 순간의 작정을 실천했던 것으로 기억한다. 그러나 내용만 짐작될 뿐, 분량도 행방도 오리무중이다. 관련해 어렴풋하게 떠오르는 기억이 몇 있었는데, 분명한 것은 내가 그 글을 누군가에게 보여준 적 있다는 사실이다. 대체 그는 누구일까. 파일은 어디에 저장되어 있을까. 글의 행방과 관련한 중요 단서들은 저 안쪽 깜깜한 어딘가에 있을 게 틀림없었다. 집착은 때로 걸맞지 않은 상황에서 발현된다. 나는 가능한 한 모든 곳을 뒤졌다. 글을 보여주었을 법한 사람들을 떠올리고, 키워드가 될 만한 단어들을 입력해보면서, 대체 정리라는 것을 할 줄 모르는 나 자신을 어찌나 원망했는지. 더구나 이럴 때는 언제나 엉뚱한 것들, 애써 잊고 있었거나, 몇 년 전 간절히 찾아 헤매었고 지금은 더 이상 필요 없는 메일, 글 따위나 발견하게 되는 것이다.

결국 나는 파일 찾기를 포기했고, 분명 시시한 글이었을 거라는 합리화를 시도했다. 대개 그렇다. 번뜩인다 확신하여 적어놓고 훗날 메모장을 뒤적여보면 당최 사용할 수 없는 초라한 문장이라든가, 하는. 노트북을 덮으려던 차에 한 사람의 이름이 떠올랐다. 그는 아버지와 같은 이름을 가진 편집자였다. 언젠가 그와 함께 식사를 했다. 식당이 있던 지역은 아버지의 옛 직장 근처로 이래저래 다소 감정적이 되었던 것 같다. 그런 내게 편집자는 자신이 준비하고 있는 사진과 관련된 출간 프로젝트에 대해 설명했다. 나는 마침 써놓은 글이 있다고 망설임도, 부끄러움도 없이 퇴고도 하지 않은 글을 그에게 전송했었다. 다시 노트북을 열고 메일 계정 몇 군데에 그의 이름을 적어넣어 보았다. 다행인지 불행인지 우리는 많은 메일을 주고받은 사이가 아니었다. 글에 대한 그의 회신을 찾아낼 수 있었다. 2013년 3월 20일 자 메일에는 이렇게 적혀 있었다.

+

　보내주신 「아버지와 양복」 재미있게 잘 읽었
어요. 어떤 사진일까 무척 궁금해지는데요. '추억
의 사진'이라는 테마는 워낙 많아서 조금 색다른
사진을 받아볼까 생각했는데, 그냥 '가족'이라는
테마로 저마다의 사연을 들어보는 것도 좋겠다는
생각이 들어요. 아무튼, 기획을 조금 더 보충해서
정식으로 청탁을 드릴게요. (혹시 사진이 파일 형
태로 있으면 하나 부탁할게요.) 봄인데 날씨가 쌀
쌀하네요. 건강 유의하시고요. 고맙습니다.

+

　기획은 무산되었던 모양이다. 청탁 메일을 받
은 적이 없다. 기획에서 내가 배제되었을 수도 있
지만 이제 와서는 아무래도 상관없다. 메일에 첨부

되어 있던, 되찾은 글을 찬찬히 읽어보았다. 여섯 매가량의 글을 읽는 데 참으로 오래 걸렸다. 글을 쓰던 '당시의 나'와, '당시의 나'가 그리워하는 아버지와, 그 글을 읽고 있는 '지금의 나'와, '지금의 나'가 생각하는 '당시의 나'와 '지금의 나'가 그리워하는 '당시의 나'가 그리워하는 아버지와…… 상식적으로 겹칠 수 없는 시간들이 사진 위에 덮이고 덮이고 덮여 뽀얀 먼지같이 더께를 이루며 맥락을 가리고 있었고 그리하여 아무런 판단도 할 수 없게 되었기 때문이다.

+

내게는 어린 시절을 모아 둔 하얀 앨범이 있다. 봄바람 같은 그 시절은 기억이 나든 나질 않든 하나하나 소중하다. 유독 아끼는 사진이 한 장 있다. 어느 흐린 날 놀이공원에서 찍은 사진이다. 겨우 걸음마를 뗐을 즈음의 나와 지금 내 또래쯤으로 보이는 아버지가 보인다. 우리는 함께 노란 자동차

모형 놀이기구를 타고 있다. 같은 자리를 빙글빙글 도는 자동차 모형의 가짜 핸들을 쥐고 있는 건 나고, 젊은 아버지는 신나게 웃고 있다. 아버지가 돌아가신 다음 앨범 정리를 하다가 발견한 이 사진을 나는 어려운 일이 있을 때마다 꺼내 보곤 한다. 그때의 소중한 기억 때문은 아니다. 사실 나는 이 사진을 찍었던 당시를 떠올리지 못한다. 너무 어렸을 때니까. 사진을 꺼내 보는 이유는 아버지의 차림에 있다.

양복이 아버지에게 가장 잘 어울리는 의상이었던 것은 맞다. 하지만 그건 훤칠한 키와 날씬한 몸매 덕분이 아니었다. 대개 아버지는 양복 차림이었고, 깔끔하고 단정한 것을 좋아하는 당신의 취향이 그렇게 여기도록 만들기 때문이다. 그러니까 나는 아버지의 다른 차림을 떠올릴 수 없다고 해야 맞다. 아무리 그래도 그렇지 이건 너무 안 어울리지 않는가. 그랬다. 사진 속 아버지는 양복 차림이었다. 놀이공원에 양복이라니. 한참 들여다보다가 나는 이 우스꽝스러운 정황에 대해 어머니께 여쭤보았다. 나름 생각한 답은 촌스러워서였으나, 어머니의 대답은 의외의 것이었다. 아버지는 평일 오후 근무를 **땡땡**이치고서, 나를 데리고 놀이공원에 갔다는 것이다. 그즈음 여러 날 심하게 앓은, 아들을 위로해주고자, '**빵빵이**'를 좋아하는 아들이 핸들을 쥘 수 있는 차를 찾아서.

어떤 느낌이, 손끝으로 따라 내려와 사진이 떨렸다. 내가 누군가에게 그토록 사랑받았다는 것. 그 누군가가 자랄수록 대립했던 내 아버지였다는 것. 그런 사연을 듣게 된 며칠 뒤, 나는 큰집 제사에 가서 큰 고모님께 내가 모르는 이야기를 하나 더 알게 되었다. 내가 태어난 날, 아버지가 할머니를 업고서 면목동 골목을 뛰어다녔다는. 어머니가 나를 낳아주어서, 내게도 이렇게 좋은 날이 생긴다고. 고맙다고. 이게 다 어머니 덕분이라고 외쳤다는 그런 이야기를 말이다.

+

하지만,

　　기대와 달리 나는 한 장 사진 보기에 실패한다. 글은 사진을 보여주지 않는다. 내가 발견한 것은 젊은 아버지와 어린 내가 있는 사진을 다시 보는 나 자신의 감정이다. 시간이 흘렀으므로 아주 엷게 변한 감정이다. 필터를 투과한 빛처럼 강렬함은 지워져 있다. 글 속의 사진은 실제의 사진처럼 침묵한다. 조화롭게 배치된 색과 형태들은 오직 보여질 뿐이며 이에 대해 말하는 것은 나 자신이다. '아버지'와 '양복'이라는 개별의 코드를 동일한 맥락 위에 올려두기. 사진을 발판 삼아 다른 의미로 훌쩍 뛰어넘어버리게 하는 개인의 서사.

+

　　언어로 관념화된 사진이든 실제 사진-이미지든 그것의 물성이 가진 즉시적 감각, 다시 말해 눈앞에 있을 때와 눈앞에 없을 때의 차이, 이 또한 시차時差/視差인 것이 분명하다. 그 사진에는 존재했으나 '존재하지 않음'이 있다. 사진은 있는 것만을 다룬다. 없는 것은 사진에 없다. 하지만 있다. 없음의 있음은 사진과 사진을 보는 자 사이 어딘가에서 발생한다. 나는 그리로부터 맹렬하게 죽음을 느낀다. 개인 서사의 종착지는 암흑-죽음이다.

+

사진은 죽음을 표시한다. 시공간의 죽음. 존재의 죽음. 파인더로 들여다보는 것은 죽음이다. 그의 현존은 그의 죽음과 같다. 현존하는 것은 사라진다=죽는다. 파인더는 그것 말고는 아무것도 보지 못한다/ 않는다. 파인더로 들여다본 것으로 현상-인화되는 것은 죽음의 예고이며 그 자체일 수밖에 없다. 나의 어머니가 찍은 것=내 아버지와 나의 죽음. 아이러니. 나는 죽어가고 있으며, 내 아버지는 죽었다. 사진은 서서히 탈색되어 백지로 돌아간다. 나의 출생으로 자신의 살아 있음을 확인하고 기뻐하며 환호하던 아버지는 죽었다. 그는 살아 있었다. 그리고 죽음의 세계로 넘어가버렸다.

+

스투디움^{studium}과 푼크툼^{punctum}

사이를 가로지르는 것.

죽음. 즉,

거기 있'었'음. 나는

죽은 외할아버지의 카메라 파인더로

아버지의

죽음을 보고 있다. 다시,

덮고 덮인다.

+

또 다른 사진 한 장.

모노크롬.

원래는 컬러였던

한 사내가 서 있다.

　사진 속 그는 웃고 있다. 그는 아버지이다. 아버지를 '그'라고 적으면 '그'와 나 사이의 '달라붙음'이 해소되고 거리距離가 생겨난다. '그'와 나의 사이에는 거리가 필요하다. 아버지는 죽고 나는 살아 있기 때문이다. 없는 쪽과 있는 쪽. 사이에는 아무것도 없다. 커다란 구멍이 뚫려 있다. 깊고 검은 심연이 있는 셈이다. 거리는, 그러므로 필요한 것이다. 멀어지기 위해서가 아니라 '가능'해지기 위해서. 다리가 놓이듯 거리가 있다고 믿어버리면 나와 그는 멀고 가깝고의 문제 안으로 수용되므로. 나와 그 사이에 아무것도 없다는 사실은 때로 견디기 힘들다. 하지만 결국 나는 아버지를 '그'라 적기를 포기한다. 착각의 다리를 놓아 회복하기에는 이미 너무 멀리 와버렸다.

사진 속의 아버지를 본다. 아버지는 나를 보지 못한다. 눈을 마주쳐보기 위해 비스듬하게 몸을 기울여본다. 쓸데없는 짓이다. 이거 봐요 아버지. 나는 아버지를 만져본다. 사진을 덮고 있는 코팅 위로 지문이 묻는다. 수년에 걸쳐 반복적으로 나는 아버지의 사진 위에 지문을 묻혀왔다. 이따금 사진 없이 사진을 떠올릴 때도 나는 그 위에 손가락을 대는 마음이 된다. 기억 속 사진 위에도 코팅이 덮여 있고 그 위로도 지문은 묻는다. 여기 있는 사람이 묻히는 여기 없는 사람의 이미지에 남는 그리움-흔적. 덧붙일 것 없을 만큼 여실하게 사진은, 부재를 증명한다. 이 사진을 찍은 사람은 아무개 씨이다. 관광지에 머물면서 돈을 받고 사진을 찍어주는 직업 사진가 아무개 씨. 사진가 아무개 씨는 아버지의 사진을 찍은 뒤 자신의 수첩에 사진을 찍은 장소와 컷 넘버와 아버지의 이름을 적었을 것이다. 아무개 씨는 아버지가 죽었다는 사실을 알 수 없다. 어쩌면 아무개 씨도 더는 이 세상 사람이 아닐 수도 있다. 찍힌 사람과 찍은 사람의 부재는 무엇도 의미하지 않는다. 그런 가정은 나를 더없이 쓸쓸하게 만든다.

+

　사진 속 아버지는 여전히 웃고 있다. 내가 꺼내 보기를 반복했던 지난 시간 동안 아버지는 한 번도 웃음을 그치지 않았다. 내가 이 사진을 누군가의 눈앞에 들이밀고, 사진 속 남자는 웃고 있습니까, 물으면 대부분 그렇다고 대답할 것이다. 어떤 사람은 웃는 것 같지만 실은 웃지 않는 것처럼도 보여요 하고 대답할 수도 있다. 나는 다시 사진을 본다. 그런 것도 같다. 너무 눈이 부셔서 조금 찡그리고 있는 것처럼 느껴지기도 하는 것이다. 그래도 나는 아버지가 웃고 있다고 생각하기로 한다. 그러면 이제 다시는 볼 수 없는 웃음이 아직 거기 있다.

+

2004년 가을 초입. 나의 아버지 유성근 씨는 자신의 아내이자 나의 어머니, 당신의 동생 내외와 함께 금강산 여행을 떠났다. 그는 그곳에서 한 장 독사진獨寫眞을 찍었다. 그 사진은 말 그대로 독사진 이었는데, 완전히 외톨이가 된 상태로 '혼자'가 되어 찍힌 사진이기 때문이다. 아버지는 무리로부터 떨어져 나와 자신만의 서사를 만드는 것으로 정평이 나 있는 사람이었다. 가령, 명절을 앞두고 벌초를 할 때면 그는 홀연히 자취를 감추었다가 마무리될 때쯤 나타나곤 했다. 그러나 아무도 화를 내지 않았다. 응당 그러려니 했던 것이다. 막내 고모에 따르면 아주 어릴 적부터 아버지는 '그런' 사람이었다. 가족 모두가 논일이나 밭일을 하고 있을 적에 혼자 뒷짐을 지고 이 산 저 산 꽃들을 확인하러 다녔다는 것이다. 고모는 혀를 찼지만 나는 아버지를 이해할 수 있다. 내가 꼭 그와 같이 행동하니까. 무리에 속해 있는 동안 그 시간에 오롯이 집중해 본 적이 내겐 없다. '무리'에서 벗어나 혼자 있어야지만 비로소 안심할 수 있다. 나는 언제나 '무리'로

부터 이탈한다. 아버지도 일이 아니라 '어울리기'
가 싫었던 것이다.

+

　　금강산에서도 아버지는 여지없이 무리에서
이탈했다. 우연인지 자의인지는 알 수 없다. 동행
들과 떨어져 홀로 등산을 하던 그는 아주 근사한
풍경 앞에서 사진을 남겨야겠다고 생각했다. 카메
라가 없었던 아버지는 마침 인근에 있던, 직업 사
진가 아무개 씨에게 촬영을 부탁했다. 아버지가 취
한 포즈나 단풍이 포함되어 있는 구도는 지극히
전형적이지만, 금강산 여행에서 남긴 모든 사진 중
가장 훌륭한 것이었다. 전형성이라는 것은 규범이
기도 하다. 어머니는 그 사진을 두고 매번 감탄했
다. 이 표정 좀 봐라. 아버지의 얼굴은 더없이 자연
스러운 온화함으로 가득했다. 무리로부터, 가족들
로부터, 자신의 일터로부터 벗어나 완전히 혼자가
된 아버지는 그런 사람이었을까. 그 사진이 아버지

가 남긴/남은 마지막 이미지였다는 사실은 신비롭기까지 하다.

+

　금강산에서 돌아온 뒤 수개월이 지난 그날. 토요일 오후. 전화가 걸려왔다. 경찰은 나의 신분을 확인했다. 유성근 씨가 나의 아버지라는 사실을 확인했다. 아버지가 이제 세상에 없는 사람이라는 사실을 확인해주었다. 교통사고. 넋이 나간 채 집으로 돌아왔을 때, 거실에선 늦둥이 일곱 살 막내가 바이올린 레슨을 받고 있었다. 창문을 넘어온 느릿한 늦가을 볕에 거실의 절반이 빛나는 동안 막내가 연주하는 〈즐거운 나의 집〉이 서툴고 서툴게 울렸다. 바이올린 선생은 어쩔 줄 몰라 하고 있었다. 아마 소식을 들은 모양이었다. 그저 자신의 어린 학생이 지금의 상황을 이해하지 못하기만을 바랐을 테지. 그래도 〈즐거운 나의 집〉이라니. 잊을 수가 없겠네. 나는 그들을 지나쳐 안방으로 갔다.

어머니는 옷장을 정리하고 있었다. 차분해 보였지만, 내가 문간에 서 있어도 모르고 있었다. 나는 어머니를 불렀다. 눈이 마주쳤다. 우리는 잠시 아무 말도 하지 않았다. 막내의 바이올린 소리가 멎었다. 어머니는 서랍에서 앨범을 꺼냈다. 어머니가 내민 것은 바로 그 사진이었다. 이것을 영정으로 만들어 줘. 나는 그것을 받아들었다. 엄밀하게 말해 그 사진은 어긋나 있었다. 사진의 초점이 아버지가 아니라, 아버지가 배경으로 삼은 금강산 풍경에 맞춰져 있었기 때문이다. 인물이 아니라 그가 '어디'에 있었느냐가 중요하다는 관광 기념 사진의 규범을 직업 사진가는 제대로 수행했다. 마침 날이 좋았고, 조리개를 조여 충분한 심도深度를 만들었다. 손바닥 두 개만 한 사진으로는 쉽사리 알아채지 못할 정도로만 그의 모습을 '날렸다'. 초점은 배경에 맞아 있었고. 그러니 확대할 수 없는 사진이다. 어머니, 이 사진은 사용할 수 없어요. 초점이 맞지 않았어요. 그래서 아버지의 표정이 자상하고 따뜻해 보이는 거예요, 라고 말하지 못했다. 어머니의 바람

대로 나는 그 사진을 들고 집을 나섰다. 기어코 혼자가 되어버린 한 남자의 죽음을 확인하기 위해서.

+

결국 영정으로 쓰인 사진은 가족사진 속 아버지의 얼굴이었다. 덧칠과 보정으로 주름도 덧니도 지워져 말끔해진 사진 속 얼굴을 보자니, 결국 어머니의 판단이 맞았던 것 아닐까, 빈소에서의 사흘 내내 후회했다. 어쩌면 우리는 아버지가 아닌 사람의 장례를 치르고 있는지도 몰라. 그는 어디선가 '살아' 웃고 있는 것이다. 혼자서. 이곳의 무리에서 벗어나서. 이 산 저 산 꽃을 살펴보러 갔다가도 일이 마무리 지어질 때면 나타나곤 하던 아버지가 아닌가. 장례가 끝날 때까지, 끝나고 나서도 아버지는 돌아오지 않았다.

+

장례 후 아버지의 영정은 거실 티브이장 옆에 놓였다. 어머니는 하루에도 몇 번씩 그 앞에 주저앉아 울었다. 듣기 싫어. 대체 누가 죽기라도 했단 말이야. 이거 보세요, 어머니. 이 사진 좀 봐요. 다른 사람이잖아요. 아버지는 돌아올 거라고. 그러니 그만 좀 울어요. 아무래도 내가 해야 할 일은 직업 사진가 아무개 씨가 찍은 금강산 어디쯤에서의 사진, 그 속의 얼굴을 되찾아오는 거였다. 다들 그가 돌아오고야 만다는 사실을 잊고 있으니까. 이 사진이야말로 무리에서 벗어났다가 돌아온 아버지의 귀환을 증거하지 않던가. 내가 어떻게 해볼게. 사진을 들고 집을 나서 충무로로 향했다. 사진 동호회에서 드럼스캔에 대해 들어본 적이 있다. 사진을 고해상도로 스캔할 수 있다면, 그다음은 "어떻게 해볼" 수 있겠지. 이미지의 복구. 아버지의 복구. 즉, 우리 가족의 삶의 복구 따위의 불가능한 희망을 가졌다. 그런 것을 품고 상식적인 절망을 거절하던 나날이었으므로. 그러나 나는 밤이 다 되도록 충무로 부근을 서성일 수밖에 없었다. '드럼스캔'이라 나붙인 한 가게에서, 그런 일은 취급하지 않는다며 거절을 당했기 때문이다. 숫기가 없고 용기도 없고 어느덧 깜깜해지고 그러나 빈손으로 돌아갈 수는 없었다. 울음소리를 더는 견딜 수 없었다. 사진을, 아버지의 웃음을 멀쩡히 만들어놓고 나면 그러면 어머니의 절망이 그치고, 아버지의 귀환은 잠정적인 사실로 인정을 받을 수 있다. 반복되는 절망의 흐름을 끊어야 했다. 다시 용기를 내어 한 가게로 들어갔다. 스캔 가게의 사장은 불쑥 들어와 멀뚱히 서 있는 나를 어리둥절한 표정으로 보고 있었다. 나는 그에게 사진을 내밀면서, 무슨 말이든 하려고 했다. 그러나 터져 나온 것은 내 몫의 울음이었다. 모든 것이 밀려들었다. 낮과 밤. 부재와 상실감. 초라함과 군색함. 나의 어리석은 희망과 그를 둘러싸고 있는 단단한 벽. 세계를 둘러싸고 있는 대립. 너무나도 자명해서 눈물이 쏟아졌다. 숨도 쉬지 못하고 한참을 서서 엉엉 울었다. 스캔 가게의 사장은 영문도 모르고 나를 사무실로 데려가 앉혔다. 낡은 의자 낡은 테이블 낡은 난로.

그제야 나는 곧 겨울이라는 사실을 깨달았다. 겨울. 그리고 봄. 다시 여름. 가을을 지나 다시. 믿을 수가 없어요. 아저씨. 저는 이 사진 속의 남자를 어머니에게 돌려주어야 해요. 도와주세요. 지금처럼은 도저히 이 시간을 살아갈 수가 없어요. 그는 사진을 받아들고 한참 들여다보더니 작업대로 가 드럼 머신의 스위치를 올렸다. 얼마간의 시간이 흘렀을까. 그는 자신 없는 투로 파일을 건네주었다. 되도록 확대하여 고화질 스캔을 했지만, 결과물은 신통치 않을 거라 했다.

+

벌게진 눈으로 내가 확인한 것은, 조금의 기척에도 날아가버릴 듯 가루처럼 흩어져 있는 아버지의 표정이었다. 확대한 아버지의 표정은 웃고 있지 않았다. 찡그리고 있지도 않았다. 그냥, 거기, 내가 아는 바로 그 아버지, 유성근 씨의 얼굴로 있었다. 나와 내 어머니, 나의 동생들, 자신의 형제들 자신의 부모 앞에서의 유성근 씨. 나는 다시 한번 눈물을 쏟았다. 이제는 정말 세상에 없는 거였다. 정말 다시는 나타나지 않을 거였다. 다시는 아버지의 얼굴을 볼 수 없는 거였다. 그 사실에는 부재와 상실도 없고 초라함이나 군색함 따위도 없었다. 희망과 절망의 문제도 아니었고 이상한 일도 특별한 일도 아니었다. 지극히 자연스러운 상태였다. 죽음. 소급되지 아니함. 벗겨진 이미지의 환상성. 그것을 확인했다. 펑펑 눈물을 쏟는 나의 어깨에 가만히 올라오는 손이 있었다. 나는 그 손이 드럼스캔 작업을 해준 사장님의 손도, 나의 아버지의 손도, 그 사진을 찍은 직업 사진가 아무개나, 어머니나 그 누구의 손도 아님을 알았다. 그것은 시간의 손이었다. 봄 여름 가을 그리고 겨울. 이 모든 것은 다 지나갈 일이었다.

+

사십구재를 마치고 집으로 돌아오는 외삼촌

의 차 안에서 어머니가 나를 가리키며 말했다. 이제 쟤가 시를 쓸 수 있겠네. 나는 가만히 두 손을 내려다보았다. 아무것도 없는데. 내 데뷔작 「티셔츠에 목을 넣을 때 생각한다」에는 아무것도 없다. 아무것도 없음. 그것이 '누군가의 죽음'이라는 어쩔 수 없는 사실을 이해해본다.

+

1826년 니엡스Joseph Nicéphore Niépce의 헬리오그라피Heliography가 아홉 시간을 기다려 찍어낸 것은 흰색과 검은색이 만들어낸 공간이었다. 사람들은 드디어 두 눈으로 고정된 빛을 확인할 수 있게 되었다. 그로부터 12년 후 다게르Louis-Jacques-Mandé Daguerre의 다게레오타입Daguerréotype은 탕플대로Le Boulevard du Temple의 풍경을 찍는다. 남아 있는 두 장의 사진 중 한 장에는 얼룩마냥 작게 사람이 찍혀 있다. 최초의 인물 사진이다. 이탈리아 사진작가 루이지 기리Luigi Ghirri는, 사진 속 인물이 다게르의 심부름꾼이라고 생각한다. 움직이지 않고 '거기'에서 기다리기. 루이지 기리의 주장에 따르면 익명의 심부름꾼이 주문받은 내용이다. 다게레오타입의 감광판은 정해진 각도에서만 포지티브 이미지로 작동한다. 특정한 각도에서만 볼 수 있는 사람. 그 외의 각도에서 그를 포함한 모든 것은 네거티브 이미지. 망각. 나는 이따금 아버지의 흐릿한 얼굴을 떠올린다. 내가 특정 각도에 벗어날 때, 완전히 잊을 때, 비로소 죽음은 완성된다.

+

죽음이 끝은 아니다. 삶의 흔적은 뜻밖의 곳에 발견되기도 하니까. 삯을 받고 우두커니 서 있던 심부름꾼처럼. 롤랑 바르트의 『밝은 방』은, 실제의 재현-사진이 드러낸 실제성에 대한 경이로부터 시작한다. 어느 날 롤랑 바르트^{Roland Barthes}는 나폴레옹의 막냇동생인 제롬^{Jérôme-Napoléon Bonaparte}의 사진을 보게 되는데, 사진 속 다른 무엇도 아닌, 제

롬의 두 눈, 황제를 알현했던 두 눈을 보고 있음에 놀라워한다. 나는 그 경탄을 이해한다. 이해할 뿐 아니라 그 놀라움을 너무나 사랑해서 같은 부분을 몇 번씩 반복해 읽곤 한다. 롤랑 바르트의 놀라움에는 사진이 가진 실존과 망실의 회오리침, 거기와 여기를 가르는 강력한 힘에 대한 증명이 포함되어 있다. 사진과 관계된 사물, 카메라와 그것을 이루는 모든 부속과 개념, 카메라를 조작하는 사람의 판단과 이해, 사진의 대상으로 선택된 사람과 사물과 풍광 그리고 그것들의 전체. 곧 한 세계가 가진 힘. 그것은 기억의 한 방식이다. 남거나 남지 않거나는 중요하지 않다. 지금 나는 죽음이 전달되는 과정에 대해 생각하고 있다. 나의 아버지 사진은 어느 순간 완전히 유실될 것이다. 유실 또한 기억의 한 방식이다. 그렇게 생각하면 마음이 조금 가벼워진다.

+

180g의 무게를 손에 쥔다. 약 38,000개 제작품 중 하나. 현재 몇 개가 남아 있는지는 알 수 없다. 아마 절반 이상은 사라졌을 것이다. 정리된 문서에 따르면 이 렌즈는 1964년 제작품이다. 글이 작성되고 있는 2024년 기준으로 60년이 된 렌즈이다. 조심스러워진다. 가볍게 닦아주고 책상 위에 올려둔다. 그런 채로 한참 본다. 어떤 사물은 내 것임에도 내 것이 아닌 것처럼 느껴진다. 그냥 그것 자체로 있다는 느낌이다. 지난 60년 동안 국경을 넘나들면서, 이것을 소유했다고 생각한 모든 이들에게 유사한 기분을 느끼게 했을 것이다. 누군가는 죽었겠지. 누군가는 사진을 찍지 않게 되었을 테고. 이제 내 차례이다.

+

나는 지금 카메라 렌즈에 대해서 이야기하고 있다. 카메라 렌즈란 유리알 뭉치다. 오목렌즈와 볼록렌즈와 평면렌즈의 합으로 빛을 한데 모아주는 일을 한다. 그사이에는 수학이 있다. 최소한의 오차로 계산된 수들이 모이고 흩어져 하나의 원칙을 세우는 것이, 내가 이해하는 수학이다. 내 옆에 놓인 이 렌즈는 그러한 수학의 결과 값을 한 움큼에 담아놓고 있다. 내 손으로 이 렌즈를 분해해보는 일은 없을 것이다. 38,000개에서 몇 남지도 않은 렌즈 중 하나를 망가뜨리는 일은 하고 싶지 않다. 무엇보다 이 렌즈가 담고 있는 어떤 기억들을, 그 기억들은 영원한 잠에 사로잡혀 있다, 설령 해체한다 해도 내가 알아볼 수 있는 기억은 없을 테지. 조각난 유리들과 황동 재질의 부품 몇 개를 확인할 수 있을 뿐이다. 나는 정교한 계산으로부터 비롯된 정답과 오답의 절묘한 조화, 그로부터 비롯되는 아름다움이 온전히 유지되길 바란다.

+

어쩌면 빛 뭉치.

＋

　　그리고 유산. 나는 수많은 사람을 기억하고 있는 렌즈를 물려받았다. 잠시 거쳐갈 뿐이지만. 적어도 이것은 확실한 개념이다. 내게 남아 있는 것 중 가장 모호하며 거대한 것은 목숨이다. 목숨은 나의 거처이자 나의 사물. 내가 쥐고 간다. 나와 함께 완전히 소멸된다. 이 렌즈는 어떻게 될까. 이것이 누구의 손에 들어갈지는 알 수 없다. 나의 역사 역시 이 렌즈의 한 부분에 영원히 잠들 것이다. 어떠한 이유로 버려지거나 해체된다면 나라는 기억의 조각 중 하나가 사라지는 것이다. 어쩌면 마지막 조각이 될 수도 있을 렌즈를 카메라에 결합한다. 단단히 결속된다. 헤어질 수 있으나 헤어질 수 없다는 듯이 조금의 빛도 새지 않도록.

＋

　　나는 내 나름의 요구에 맞는 카메라를 사용

한다. 내 카메라는 비싸고, 튼튼하지 않으며, 적당히 느리고, 정확하지만, 정밀하게 사용하기 어렵다는 측면에서 결국 정확하지 않다. 이에 걸맞은 카메라를 찾기 위해서 꽤 많은 자원을 들였다. 여기에는 어느 정도 우연이 개입하기도 했는데, 결론적으론 필연이 되었다. 하여간 복잡하다. 이 복잡함을 한 단어로 '라이카'라고 하자. 물론 라이카^{Leica}는 실력 있는 독일 카메라 회사 이름이고, 그 회사에서 만든 카메라의 이름이기도 하다. 그리고 내가 말하는 '라이카' 역시 그 라이카다. 달리 표현할 방법이 없다. 그래서 나는 라이카를 쓴다.

+

　　그래서 나는 라이카를 쓴다. 어설픈 변명처럼 들리겠지만, 내가 라이카를 사용함으로써 받는 여러 가지 오해들을 일일이 해명할 방법이 없다. 라이카 사용자에 대한 오해: 하나, 아낌없이 돈을 쓰는 사람이다. 라이카는 끝도 없이 비싸기 때문이다.

둘, 허세가 넘치는 사람이다. 라이카는 일본의 최신식 카메라들에 비해 과할 정도로 불친절하며 어떤 의미에서 비효율적이기까지 하다. 이외에도 다양한 오해들이 있다. 물론 나는 내가 이러한 오해로부터 완전히 자유롭다고 생각하지는 않는다. 내겐 아낌없이 쓸 만큼의 돈이 있지 않고 허세를 부리기 위해 없는 돈을 쓸 만큼 대담하지도 않다. 다만, 라이카는 나의 원리에 맞는다. 흔치 않고 아낌을 강제할 만큼 비싸며 적당히 느리고 사용하기 까다로운 그러나 결국 정확한 카메라. 나는 그런 것을 바란다. 그에 걸맞은 카메라는 라이카뿐이다.

+

　　나의 첫 라이카는 모델 M6 TTL로 1998년에 단종된 모델 M6의 후속기이다. 아버지가 돌아가신 한 달 뒤 내 손에 들어왔다. 분명하게 기억하는 까닭은 아버지의 죽음과 나의 첫 라이카 카메라가 밀접한 관계에 있기 때문이다. '아버지의 은행 금고를 열어보았더니 거기 라이카 카메라가 들어 있었다'와 같은 근사한 서사는 아니다. 그랬다면 좋았을까. 아닐 것이다. 그랬다면 카메라가 아니라 유품이 될 테니까. 만약 그런 일이 있었다면 나는 유리 상자 안에 든 라이카를, 실제로 유리 상자 안에 넣지는 않더라도, 1년에 한 번씩 꺼내 보며 풀리지 않는 수수께끼로 애먹는 처지가 되었을 것이다. 아버지의 죽음-라이카 M6 TTL 구입과 관련한 전말은 지금껏 누구에게도 말한 적이 없다. 지금 나는 전력을 다해 부끄럽지 않으려고 노력하는데, 그때 만들었고 그간 믿어 의심치 않았던 나의 논리, 라이카를 구매하며 내세운 일종의 정당성이 실은 구차한 변명임을 알기 때문이다.

+

아버지가 돌아가셨을 당시 나는 공익요원으로 군 복무를 대신하고 있었다. 지독하게 나쁜 눈 덕을 본 아마 처음이자 마지막일 것이다. 정신없이 장례를 치르고 돌아와 보니, 내 자리 위에는 하얀 봉투가 놓여 있었다. 근무지인 학교 선생님들이 십시일반 모아준 조의금이었다. 아마 이쯤에서 눈치를 챘으리라 생각한다. 적으려고 하니 상당히 괴롭다. 물론 그때도 괴로웠다. 그 봉투를 어머니께 드렸어야 옳다. 그렇게 생각했다. 하지만 그렇게 하지 않았다. 나는 그것으로 라이카 M6 TTL을 샀다. 그만큼 큰돈이었다. 느닷없이 손에 쥔 비싼 카메라에 대해 아무도 묻지 않았다. 그럴 수 없을 때였다. 나는 슬픔에 잠겨 있었으므로. 그런 분위기를 이용했느냐 하면, 그렇지 않았을 것이다. 그때 나는 제정신이 아니었다. 그렇게 내 것이 된 라이카 M6 TTL은 이후 20년 동안 가지고 있었다. 처음에는 아버지의 마지막 선물이라고 생각했다. 거듭 생각했고 마침내 그리 믿게 되었다. 20년 뒤 친구의 남편에게 팔았다.

+

고백하고 나니, 마침내 긴 터널을 빠져나온 기분이다,라 적고 스스로를 비웃는다. 고백이라고 하다니. 고백은 이런 것이 아니다. 고백이라는 행위에는 '용서라는 대가의 기대'라는 모순이 있을 수밖에 없다. 가질 수 없는 것을 가졌다. 팔 수 없는 것을 팔았다. 찍을 수 없는 것을 찍으려 했다. 고백이나 용서의 차원이 아니다.

+

찍을 수 없는 것을 찍으려 했다. 찍을 수 없는 것을 찍으려 한다. 찍을 수 없는 것을 찍을 수 없어서 괴롭다. 카메라를 바꾸게 되는 마음이다. 라이카 M6 TTL을 손에 넣기 전, 그러니까 아버지가 돌아가시기 몇 해 전에 나는 홈쇼핑 보급형 기기였던 나의 첫 카메라 소니보다 더 좋은 것을 갖고 싶었다. 디지털카메라 시장은 날로 확장되어갔다. 하루가 멀다 하고 새로운 모델이 나왔다. 더 많은 기능을 가진, 고화질의 사진을 찍을 수 있는 카메라가 있다면, 나는 내가 찍고 싶은 것, 가지고 싶으나 가질 수 없는 그러니 설명이 불가능한 이미지를 찍을 수 있다고, 찍음으로써 소유할 수 있다고 생각했다. 지금도 그렇게 생각하는 수많은 카메라 애호가들이 카메라 관련 중고 장터를 기웃거린다.

+

전기면도기를 닮았다고 놀림 받기도 했던 내 첫 카메라는 일 년쯤 썼던 모양이다. 다음 카메라는 더 성능 좋은 것이어야 했다. 그래서 구매한 것은 니콘 Coolpix 5700이었다. 하이엔드 올인원 디지털카메라. 회전식 LCD 화면을 가진, 당시로선 최신형 카메라였다. 그것을 손에 넣고 좋아했던 까맣고 까맸던 겨울밤을 기억한다. 나는 그 카메라를 뮌헨에서 프라하로 넘어가던 국경 어디쯤에서 잃어버렸다. 카메라만이 아니라 카메라 속 메모리, 메모리 속 사진들도 함께.

+

무엇보다 구름, 구름들.

+

런던의 구름과 에든버러의 구름. 파리의 구름과 암스테르담의 구름. 베를린의 구름과 뮌헨의 구름. 여행에서 나는 구름 사진만 찍었다. 가장 유효한 방식의 여행 사진이라고 생각했다. 매일매일 구름, 구름들을 사진에 담았다. 가령, 암스테르담에서는 이른 오후부터 비가 쏟아졌다. 우산도 없이 나는 구름 사진을 찍었다. 어두운 구름은 제각각 다른 농도로 겹을 이루어 쌓였고 밤처럼 어두워진 대낮의 거리는 곳곳마다 불을 밝혔다. 나는 빛과 그늘의 결이 만들어내는 암스테르담 구름을 영원히 사랑하기로 마음먹었다. 그때의 사진은 대단했다. 사라져버려 찾을 수 없는 사진은 늘 이처럼 기억되곤 한다.

그러나, 내가 카메라 말고 또 무엇을 잃어버렸단 말인가. 구름의 이미지는 내 것이 될 수 없었다. 하드디스크에 저장한대도, 종이 위에 인화한대도 사진에 담긴 이미지는 전체의 일부로서 거기 잠시 있을 뿐이다. 소멸. 그 임무가 일찍 수행되었을 뿐이다. 구름 그 자체처럼. '남는 것은 사진뿐'이라니. 남는 것은 아무것도 없다. 잠시 유예될 뿐이다.

+

프라하에 도착한 아침. 이상하게 허전했다. 카메라가 없었다. 기억을 더듬어보았다. 전날 밤 나와 일행은 유명하다는 호프 브로이에서 만취할 때까지 맥주를 마셨다. 취한 채 야간열차에 탑승했다. 기차를 잘못 탄 바람에 허겁지겁 갈아타는 소란을 벌였다. 방심한 상태로 깊이 잠들었다. 사이 어딘가에서 카메라가 사라졌다. 일행들을 숙소로 돌려보내고 나는 다시 국경을 넘어 독일로 돌아가는 열차에 몸을 실었다.

+

되찾을 가능성은 없었다. 알고 있지만 돌아가야 했다. 내가 할 수 있는 유일한 일이었다. 비가 내리기 시작했다. 암시 같았다. 희망과 가정에 그어지는 빗금들. 동양에서 온 젊은이가 서툰 영어로 전한 사연이 딱했던 모양이다. 맞은편 좌석의 뚱뚱한 사내는 나를 위로했다. 독일인들은 정직해. 걱정하지 않아도 될 거야. 그가 건넨 초코바를 꼭 쥐고 나는 구름과 구름들만 생각했다. 벌써 흐릿해지고 있었다. 구름과 구름들은 서로의 영역을 해체하고, 흩어지며 모호한 뉘앙스로만 남아 있었다. 밤에는 구름이 보이지 않는 법이야. 그 구름들을 잊지 않기 위해 안간힘을 다했으나, 그럴수록 더 모호해져서 애초에 내게는 카메라가 없었고 그런 사진을 찍은 적도 없었던 듯 여겨졌다. 완전한 분실.

71

카메라뿐 아니라 일시적이나마 분명했던 한 세계의 흔적들이 사라지고 있음을 온몸으로 체감하느라 나는 잠들지 못했다. 분했다. 단 한 번이라도 좋으니 다시 확인하고 싶어졌다. 사진들로부터 탈락해 새로운 의미를 만들어가는 구름을. 그렇게만 된다면 카메라와 그 속에 담긴 사진들 따윈 잃어버려도 상관없을 거였다.

+

그로부터 수년이 지난 어느 밤, 나는 같은 기분을 완전히 다른 방식으로 경험하게 된다. 책상 서랍에 있던 사진과 필름 무더기를 파기하면서 이미지와 실제의 간격에서 오는 아찔함을 느꼈던 것이다. 사진은 아무 말도 하지 않는다. 정지된 이미지는 맥락을 지우고 언어를 지운다. 우리가 상기하는 것은 이미지 자체일 뿐이다. 오래전 기차 안에서의 기억처럼 사라진 것은 내가 부여한 의미였을 뿐이야. 중얼거리게 된다. 그러나 당시 기차 안의 나에게 확실한 현실은 손 안에서 녹아가던 작은 초코바였다.

+

　　다음 날 아침은 무척이나 사실적이었다. 뮌헨역의 분실물센터 직원은 불친절했고 피곤해 보였다. 그가 내민 서류에 내가 잃어버린 카메라의 기종, 이름, 한국 주소와 연락처를 간절하게 적었다. 밤새 국경을 넘어 도착한 곳에서 내가 할 수 있는 일의 전부였다. 돌아올 때는 낮 기차를 이용했다. 간밤에는 보지 못했던 국경의 아름다운 풍광이 창밖 가득했다. 끝없이 이어지는 평야, 엇비슷한 속도로 내달리다가 차츰차츰 뒤로 밀려 사라져버리는 트럭들. 드문드문 나타나는 농가들. 무엇보다 오래 차창에 남는 푸른 하늘과 하얀 구름과 구름들. 나는 저 구름들을 만난 적 있었다. 나는 양손의 엄지와 검지를 펴서 프레임을 만들었다. 평생 기억하게 될 장면이 담겼다. 사라졌다. 지나는 시간과 속도만큼 나타났다가 사라지고 사라졌다.

+

사진은 '거기 무언가 있(었)음'이다. 기억은 '거기'를 지우고 '무언가'를 지우고 '있(었)음'을 남겨놓는다. 사진의 거짓은 '거기 무언가 있(었)음'을 전제한다. 기억의 거짓은 오직 '있(었)음'만을 상대한다. 사진은 한정하고 기억은 확장된다. 사진과 기억은 유사한 형식을 갖지만 비교의 대상은 아니다.

+

지금 나는 렌즈에 사로잡힌 빛과 빛이 날뛰다 소멸되어버린 카메라의 셔터 박스 속 어두움을 생각한다. 지극히 단순한 구조다. 그와 같은 단순함이 카메라를 역사의 뒤안길로 보낼 뻔했고, 레테의 강물 속으로 침몰 직전인 카메라를 구하기도 했다. 카메라의 역사는 단순함을 첨예하게 가다듬

74

는 방식으로 이어진 혁신의 총합이다. 그동안 카메라는 더하거나 덜어냄으로써 스스로를 카메라로 한정 짓는 일에 열중했다. 사람에게는 그 이상의 기억 장치가 필요하지 않다. 시작도 끝도 없는 욕심에서 사람은 제 발로 걸어 나오게 될 것이다. 무한정과 무진장이 신의 영역이라는 사실을 순순히 인정하면서. 아니면 바벨을 지어 올리던 선인들처럼 천벌을 받은 채 뿔뿔이 흩어질지도 모르지.

+

인간의 형상과 기능을 모방하며 디자인되는 기계는 신체 능력을 확장한다. 카메라-기계는 인간의 기억 구조의 단순화이나, 그것의 목적은 확정確定이 아니라 연장이다. 그리하여 '있(었)음'이 남는다. 남아 있다. 한편 '카메라'라는 과정의 결과물인 사진은 확대한다. 블로우 업Blow up. 알아볼 수 없을 만큼 확대하기. 잔뜩 확대된 사진에는 알아볼 수 없는 것만 남는다. 아무리 확대해도 본질로 다

75

가갈 수 없음. 실체의 막막함. 반면 시는 깊이 파고 든다. 폐부에 남아 있는 최후의 한 점, 어쩌면 통점 이 되는 곳까지. 그 앞에서 주저한다. 그렇게 시는 하나만 남기고 나머지는 지운다. 어떤 의미에서 포 커스 온$^{\text{Focus on}}$. 시와 가장 비슷한 사진 관련 행위는 초점 정하기이다.

+

인간 기억의 왜곡이자, 대책 없는 학습자 A.I.가 유행한 뒤로 A.I.가 시를 써내는 것에 대해 어떻게 생각하느냐는 질문을 반복해서 받는다. 물론이다. 시는 누구나 쓸 수 있다. A.I.도 시를 쓸 수 있다. 나 는 그게 왜 질문거리가 되는지 잘 모르겠다. A.I.가 좋은 시를 쓴다면 그건 좋은 시겠지. 질문자는 답 답해한다. 그러면 누군가가 A.I.를 이용해 시를 쓰 면 그건 누가 쓴 시일까요. 누군가가 A.I.와 쓴 시죠. 그렇죠. 우리의 대화는 여기서 종료된다. 어디에 초 점을 맞추는가에 대한 문제. 무엇을 믿고 무엇을 중명하는가에 대한 문제. 남는 것은 좋은 시.

+

　　나는 카메라를 잃어버림과 동시에 다음 카메라를 고민했다. 카메라는 이제 숙명이었다. 나를 사로잡은 단호한 단순함 외 다른 선택지는 없었다. 혹은 어쩔 수 없이 외할아버지를 떠올린다. 사진의 어떤 부분이 그를 사로잡았을까. 그도 내가 그랬던 것처럼, 카메라들이 진열되어 있는 쇼윈도 앞을 도무지 떠나지 못했을 테지. 마치 내 것처럼 그의 속내를 들여다볼 수 있다. 외할아버지가 카메라 가게의 문을 열고 들어간다. 문에 달린 종이 가볍게 운다. 그로부터 얼마 뒤 그의 딸은 새 집에 대한 희망을 잃고 운다.

+

　　나의 세 번째 카메라 펜탁스 *istD. 뛰어난 성

능에 비해 작고 가볍고 예뻤다. 무엇보다 펜탁스라
는 제조사 이름이 마음에 들었다. 가지고 싶은 것
이 생기면 몸살을 앓는 성격이라 한 석 달은 끙끙
앓았던 것 같다. 그사이 신병 훈련소에 다녀왔다.
약 한 달가량 훈련을 받는 중에도 나는 애인의 얼굴
보다 *istD를 더 자주 생각했다. 마침내 '작고 가볍
고 예쁜 카메라'를 얻게 되었다. 적지 않은 금액이
었으니, 손에 넣기까지 우여곡절이 있었을 텐데 그
사정에 대해선 잊었다. 그 카메라를 처음 손에 쥐었
을 때의 기분만 기억한다. 비로소 시작되는 거라고
느꼈다. 예상보다 훨씬 오래 사진 근처를 머뭇거리
게 될 거라 예감했다.

+

　　이제 무엇을 찍을 것인가. 카메라가 달라졌
으므로 그것을 이용하는 방법도 달라져야 했다. 카
메라의 성능을 확인하기 위한 사진은 찍지 말자.
그렇게 중얼거리며 찍은 것들은 대개 버려진/버려

지는 것들이었다. 버려진/버려지는 것들에는 이야기가 있었다. 앞과 뒤가 있었다. 사진은 설명하지 않는다. 찍는 '그 순간'만을 제시한다. 도출. 그런 의미에서 이야기. 훼손하지 않기 위해, 고스란히 담기 위해 신중해야 했다. 여전히 작고 보잘것없어 버려진 것들이지만 거기에는 어떤 규칙이, 무언가를 증명하려 하는 힘이 있었다. 다른 사람들의 사진을 주의 깊게 보기 시작했다. 사진집을 찾아보기도 했다. 외젠 앗제Eugene Atget의 묵묵함, 도로시아 랭Dorothea Lange의 따뜻함, 워커 에반스Walker Evans의 성실함, 앙드레 케르테스André Kertész의 천재성, 앙리 카르티에 브레송Henri Cartier Bresson의 기지, 프란체스카 우드만Francesca Woodman의 신체, 알렉스 웹Alex Webb의 쿠바, 루이지 기리의 구성. 계통도 순서도 없이 뒤적이던 감탄과 질투의 시간들. 나의 선생님들.

+

*istD는 미러Mirror와 펜타프리즘이 달려 있

는, 디지털 SLR카메라이고 펜탁스 전용 K-마운트 렌즈를 탈착하여 사용하게 되어 있었다. 렌즈를 교환할 수 있다는 가능성은 개미지옥에 빠질 수 있음을 의미한다. 카메라는 기계이며 그러므로 '정확하다' 라는 인식은, 개인 간 사진 사이의 차이를 기계의 차이 때문으로 오해하게 만든다. 카메라 바디는 고정값이며 카메라 렌즈는 매개변수이다. 고로, 더 좋은 사진을 얻고 싶다는 욕망은 그 사진에 사용한 렌즈를 사용-소유하고 싶다는 의미로 변질된다. 더 높은 고정값. 그에 맞게 변화하는 변수. 나또한 같은 함정에 빠지고 말았다. 누군가의 사진을 보고 감탄한다. 사진에 사용한 바디와 렌즈가 무엇인지 알아낸다. 그 바디와 렌즈의 사용-소유를 열망한다. 사진가들 사이에서 오래된 전통 아닌 전통. 다름을 열망하며 같음을 갈구하기.

+

카메라를 다루는 사람들은 자신들의 카메라

를 '장비裝備'라고 부른다. 도구도 머신도 아닌 장비. 거침과 무심함, 은밀한 소중함 그리고 그것을 다루는 손질하는 손길을 연상케 하는 단어. 장비는 언제나 중요하다. 편리, 안전, 정밀의 진일보는 장비에 달려 있다. 때로 장비 없이 어떤 결과는 불가능하다. 나는 장비라는 표현을 좋아한다.

+

장비 간 차이를 알기 위해 정보를 얻기 위해 의견을 구하기 위해 인터넷 공간을 떠돌다가 사진 동호회에 가입하게 되었다. 적은 회원 수에 우호적인 분위기가 마음에 들었다. 젊은 사람들이 모인 곳이라는 것도 좋았다. 알고 보니 서로 아는 이들끼리 결성한 모임이었다. 내가 가입한 후 얼마 되지 않아 동호회는 허가제로 운영 방식을 바꾸었다. 관계에 있어 나의 운은 이처럼 늘 아슬아슬하게 좋은 편이다. 사실 내 삶 전체가 대체로 그러하다. 어딘가 속하기 위한 마땅한 노력이 있었는지 따져

보면 아무리 과장을 해도 그렇지 않다고 생각한다. 때와 사람을 잘 만나 어떤 무리에 속하게 되곤 했다. 사진 찍기와 유사한 면이 있다. 마침 기회가 올 때 카메라를 들어 사진 찍기. 뜻밖의 좋은 결과물을 얻기. 마치 의도했다는 듯 만족하기.

+

동호회 회원들은 비싸고 좋은 장비를 다양하게 가지고 있었다. 스스로 '장비병 환자'라며 깔깔웃던 사람들. 그들의 사진을 보면서 나는 내 것이 아닌 장비들을 상상하고 탐냈다. 소유할 수 없다면 가까이에서 구경이라도 하고 싶었다. 숫기가 없는 내가 현장 모임에 나가기로 결정한 결정적인 이유였다. 그들은 늘 충무로에 있는 한 커피숍에서 모였다. 충무로에는 필름 현상소와 카메라 가게들이 모여 있(었)다. 낡고 허름한, 사진가들이 부대끼는 거리. 내 한 시절을 보낸 곳. 이렇게밖에 말할 수 없는, 비좁고 느슨한 빛의 시절.

아미고스. 어느덧 우리가 된 사람들이 모이는 충무로의 커피숍 이름이었다. 딱히 약속이 없어도 아미고스에 가면 누구든 있었다. 모든 가방에선 카메라가, 혹은 준하는 재미있는 물건이 들어 있었다. 같은 것을 좋아한다는 데에서 오는 기묘한 동질감과 선의. 나는 그 간지러운 감정이 좋았다. 카메라가, 사진이 좋아서 만났는데 시간이 흐르면서 사연이 쌓일수록 사진보다 카메라보다 '우리'가 더 좋았다. '펜세금포럼'. 우리 그룹의 이름이었다. 일본 카메라 회사 '펜탁스'란 이름으로부터의 말장난 같은 명명이었다. 장난스럽게, 저녁마다 만나서 우리는 차를 마시고 밥을 먹고 맥주를 마셨다. 서로가 서로의 사진을 찍어주었다. 나누며 깔깔거렸다. 서로의 이름도 잘 모르는 사이에서 오는 nuevos amigos(새로운 우정). 나는 우리를 아끼고 사랑했다. 물론 우리 사이에 놓인 테이블에는 늘 카메라가 놓여 있었다.

＋

　　외할아버지의 롤라이플렉스가 내 손에 들어
온 때도, 아버지가 돌아가신 때도 그즈음이다.

　　아버지가 돌아가신 토요일. 나는 동호회 사
람 몇몇과 불꽃 축제 사진을 찍으러 가기로 약속
했었다.

　　　　　　　　＋

　　갖가지 사진 기법에 대해 감도에 대해 SLR과
RF의 차이에 대해 콘탁스와 라이카의 경쟁에 대해
일본 카메라 브랜드 간 차이에 대해 망원과 광각
의 차이나 조리개 값의 변경으로 얻는 노출 효과
와 셔터 속도를 조절하여 얻는 노출의 효과의 차
이에 대해서 포지티브와 네거티브가 어떻게 다른
지 흑백 필름을 이용한 촬영 때의 주의할 점은 무
엇인지에 대해 각각의 바디와 렌즈의 차이에 대해

중고 렌즈를 구매할 때 무엇을 조심해야 하는지에
대해 좋은 사진이란 어떤 것인지에 대해 신의에
대해 즐거움과 기쁨에 대해 별 볼 일 없는 삶에 대
해 그럼에도 얻을 수 있는 즐거움에 대해

+

　　포럼 사람들과의 수다가 나의 사진 선생님이
었다. 가만히 귀를 기울이고 있으면 자연히 알게 되
었다. 격식 따윈 없었다. 좋음, 좋아함. 하염없이 주
기. 하염없이 받기. 그 사이에는 특정한 이미지가 있
었다. 묘사할 수도 설명할 수도 없다. 이미지로부터
위로를 얻었다. 그동안 시 쓰기를 멈췄다. 그래도 괜
찮았다. 충만했으므로, 역행적이기까지 한 시절은
다른 에너지로 뜨거웠다. 아주 순수한 열기였다.

+

　　그들은 네거티브 필름의 밀착인화지처럼 기

억되는 사람들. 일렬의 이미지들은 바래가는 중이다. 인화된 인물들은 시간이 흘러감에 따라 닳아가며 구분 없이 닮아간다. 바랜 사진처럼 뭉개진 형태만 남은 이제와서야 나는 회원들이 그립다. 이제 다시는 그들 모두를 함께 만날 수 없을지도 모른다. 다시 카메라를 쥐게 된 지금, 당시 그들의 나이쯤에 이르러서야 그들이 내게 얼마나 아낌없었는지 깨닫는다. 줄 수 있는 것과 줄 수 없는 것. 그 경계에서 기꺼이 한 발 더 내디뎌 다가가주는 마음은, 달리 표현할 방법이 없다. 서로가 서로에게 기꺼이 빛, 사진이 되어 뒤집히지 않는 또렷한 상을 함께 만들어보는 노력. 내가 그곳에서 그들에게 얻은 것.

+

펜타프리즘은 렌즈를 통해 들어온 빛을 복수의 거울로 반사하여 파인더를 통해 볼 수 있게 한다. SLR카메라의 볼록 튀어나온 머리, 작은 '동굴' 속 여러 개의 거울을 통한 굴절을 거쳐 뒤집힌 역상은 정상正常으로 거듭난다. 오른손을 들면, 오른손이 들린다. 왼쪽으로 돌아서면 왼쪽으로 나타난다. 실상과 파인더 안의 이미지 사이 미세한 시차는 생략된다. '거의 차이 없음'은 차이가 없음으로 간주된다. 과학이 실생활에 적용될 때의 허용. 그만하면 됐다, 정도로 어물쩍 넘어가는 일. 사진을 찍을 때마다 나는 카메라 안에 있는 쌍둥이 빛을 생각한다. 렌즈의 밖과 안에 있는 둘은 같고도 다르다.

+

쌍둥이인 빛은 셔터 막 위에 어려진 채, 셔터 버튼이 눌리기를 기다린다. 셔터는 오르내리는 장치. 장藏에는 간직하다, 라는 의미가 있다. 치置에는 두다, 라는 의미가 있다. 셔터는 빛을 간직하기 위해 열리고 빛을 남겨두기 위해 닫힌다. 빛은 상像을 기억한다. 상은 나-카메라 외부에 있다. 나-카메라는 외부를 기억하기 위해 빛의 기억을 셔터 안으로 들인다. 셔터는 열리고 닫힌다. 빛을 가둔다.

깜깜한 내부로 들어간 외부. 그리고 밀착. 그 시절은 그렇게 기억되고 지워지지 않는다. 세부는 다 잊었지만, 내가 그 시절 안에 있었다는 사실만큼은 결코 잊지 않을 것이다. 그리고 거기 한 사람이 있다. 쿠쿠. 나의 소중한 친구. 나의 쌍둥이, 빛.

+

쿠쿠도 펜세금포럼의 회원이었다. 물론 쿠쿠는 닉네임. 그에게도 이름이 있었다. 장원. 하지만 우리 중 누구도 본명으로 불리지 않았다. 그 역시 언제나 쿠쿠, 쿠쿠, 하고 불렸다. 나도 그를 쿠쿠야, 쿠쿠, 하고 불렀고. 그러면 그는 '응'과 '왜' 사이의 느린 반응으로 나를 보았다. 기억하는 한, 그의 이름을 제대로 불러본 적은 한 번도 없다.

+

쿠쿠와의 첫 만남에 대한 구체적인 기억은

없다. 그와의 첫 만남을 기억하지 못한다는 사실을, 나는 이따금 난데없이 떠올리곤 한다. 그런 순간이 찾아오면, 무엇을 하고 있던지 간에 잠시 멈추고 첫 만남에 대해 추측을 해본다. 그러면 처음과는 아무 상관없는, 함께 보낸 시절의 몇몇 장면만 떠오르고 말 뿐이다. 그 속의 나와 쿠쿠는 이미 절친한 상태로 어쩌면 길지 않은 시간 동안 우리가 함께 겪었던 사진과 카메라에 관련한 여러 사건들을 표상하고 있다. 처음이란 없이 마치 태어날 때부터 그런 사이였던 것처럼.

+

곱슬머리인 쿠쿠는 키가 컸다. 어지간히 큰 편인 나도 그와 마주하면 올려다보아야 했다. 그럴 때면 그는 큰 입술을 당겨 웃었다. '다 알고 있어. 하지만 모르는 척해줄게.' 꼭 그렇게 말하듯이 찡끗 윙크를. 나는 쿠쿠의 웃음을 좋아할 수밖에 없었지만, 그보다 더 좋아했던 건 쿠쿠의 큼지막한 손이었다. 웬만한 카메라는 덥석 한 손에 담을 만큼 커다란 그의 손에는 늘 담배가 들려 있었다. 익숙한 검지와 중지 사이가 아니라 중지와 약지 사이에 건들건들 걸려 있는 담배. 턱을 살짝 들고 담배를 무는 모습도 좋았다. 따라할 생각도 들지 않을 만큼 꼭 그에게만 어울렸다.

+

어떤 이미지가 비로소 찾아올 때. 기록해둘 만한 시공간이라는 확신이 들 때. 사진은 완성된다. 나는 지금 한 장의 사진을 생각한다. 사진 속 모든 것은 고정되어 있지 않다. 미끄러지고 있다. 시간의 흐름에 따라, 예정된 대로 영영 사라져간다.

+

인화액印畫液에 '담기[液]'는 인화지 위로 떠오르는 것이 있다. 인화印火되고 난 다음 남은 것들. 이를테면, 굴다리의 각진 기둥. 그것은 하얀 타일로 뒤덮여 있다. 기둥과 기둥 사이로 보이는, 길 건너편에 묶여 있는 자전거. 임자가 있는 것이다. 뜻밖에 프레임으로 들어온 여자. 프레임의 바깥으로 걸어가고 있다. 그리고 중지와 약지 사이에 담배를 꽂고 담배를 피우고 있는 청년, 쿠쿠.

+

언젠가 쿠쿠에 대해 쓴 글을 읽은 한 친구는 쿠쿠가 실존 인물인지 물었다. 물론이다.

+

쿠쿠는 공대생이었다. 건축과를 다녔는데 그의 말에 따르면 도통 잠이라곤 잘 수 없는 그런 전공이었다. 덕분에 그는 만성 피로에 시달렸다. 그러고 보니 나는 쿠쿠가 잠든 모습을 본 적이 없다. 함께 여행을 간 적도 있었는데, 그때도 술에 취해

먼저 곯아떨어진 건 나였다. 아침에 일어나 보니 쿠쿠는 담배를 피우고 있었다. 일출이나 찍으러 가볼까. 나섰을 땐, 이미 해가 중천이었다. 그는 낄낄 웃었고. 그랬다. 쿠쿠는 언제나 뒤틀린 계획 속에 살고 있는 사람이었다. 그의 주변엔 엇박자 난 사건들뿐이었고 그는 체념한 사람처럼 고장 나버린 일들을 순순히 받아들였다. 쿠쿠가 사들이는 것은 언제나 문제가 있는 카메라와 렌즈였다. 혹시 일부러 그러는 거야? 하고 물으면 그는 반곱슬 머리를 가로저었다. 몹시 슬프게. 내가 바보냐? 대꾸하는 쿠쿠는 조금 바보 같기도 했다. 그렇지 않고서야 어떻게 매번 그런 일이 있을 수 있어. 쿠쿠의 집에 가본 적이 있다. 타인의 집에 방문하기를 극도로 꺼리는 내게는 대단히 예외적인 일이었다. 이상해. 쿠쿠와 관련된 일들은 어쩜 이렇게 하나같이. 그 시절 나는 쿠쿠의 기묘한 자장 아래 있었는지도 모른다. 자석 가까이 놓인 나침반처럼 방향을 잃고 뱅글뱅글 신나게 돌고 있다.

사진에서 나는 스스로 외부가 되기도 한다. 타이머 맞춘 카메라를 고정해두고 내부가 손짓하는 외부의 내부 속으로 뛰어 들어간다. 셔터가 열리고 닫힌다. 빛을 가둔다. 그 순간 나는 빛의 기억이 된다. 어떤 단체 사진에서, 동호회 시절의 사진이며 당시의 사람들 모습이 담겨 있는데, 나는 침입자처럼 보인다. 한 사람 몫의 자리를 비워놓았다. 늦지 않게 뛰어들었으나 표정만큼은 잘못 끼워진 나사처럼 어색하다. 나와 타인 간 실제적 관계를 드러내듯이 말이다. 단 한 번 있었던, 동호회 여행 단체 사진이 가리키고 있는 정보 그 이상의 것은 기억하지 못한다. 나머지는 짙은 빛이 그려내는 그리움의 차지다. 다시, 한 장 더. 제때 끼어들지 못해 실패한 단체 사진은 버려진다. 빛은 또 쉽게 잊는다.

쿠쿠의 집은 2층 양옥이었고, 쿠쿠의 방은 2층에 있었다. 쿠쿠의 방바닥은 카메라와 렌즈의 부속들로 어질러져 있었다. 이게 다 뭐니. 나는 웃음을 참으며 물었다. 그는 큰 손에 작은 드라이버를 쥔 채 말했다. 아 몰라. 망했어. 그렇게 말하는 그의 눈은 호기심과 기쁨으로 번들거렸지. 나는 뭐가 뭔지 하나도 알 수 없었지만, 신이 나서 설명하는 그의 말에 귀를 기울였었다. 그의 말을 하나하나 조립해보면 결국 망가진 카메라나 렌즈 하나가 완성되는 거였다. 누군가에게 선물하기 위해 고치고 있다 했다. 나는 시 같은 일이라 생각했고.

+

"어쩌면 세계란 신의 망가진 카메라가 담은 한 장 사진에 불과할지도 몰라."

+

쓰는 일은 사이와 사이와 사이에서 벌어진 일의 의미를 쫓는 곰곰한 추적. 그럴 때 나의 밤은 참으로 깜깜한 카메라의 셔터 박스 속을 닮았지. '찰'과 '칵' 사이 생성되는 사진-이미지처럼 잠시 드러나는 재현-이미지. 그 장면의 의미는 좀처럼 맥락을 드러내지 않는다. 때로 나는 이미지가 부서져버릴까 봐 두렵다. 더러는, 아무 의미도 없을까 봐 망설여진다. 그러면서도 탐색을 멈추지 않는다. 쓰다 막히면, 돌아갈 곳이 없다 싶어지면 나는 모든 불빛을 끄고 어둠 속에서 기다린다. 어둠에 몸과 마음을 맡긴다. 그러면 만져지는 게 있다. 맥락의 흔적과 자국. '찰'과 '칵'의 사이, 인과관계에서 떨어져 나온 우연. 그것이 내 시의 원형이다.

+

사진이 그러하듯 쓰려는 시는 모두 지나간 일이다. 그러므로 시인은 후일담의 전문가. 뒤늦게, 망가져버린 무언가를 받아들고 체념하는 사람. 때와 맞지 않는 해명으로 비웃음을 사고 마는 바보. 그럼에도 언젠가는 진심이, 시가 통할 수 있을 거라고 믿는다. 카메라가 사진-이미지의 과정일 뿐이듯 시 또한 시인에게서 완성되는 것이 아니다. 비로소 시를 믿게 되었을 때, 그런 일이 있었노라고 인정하게 될 때 시는 완성을 향해 나아간다. 셔터는 반복해서 열리고 닫히며, 새로운 시간은 지금도 오고 있다. 발을 씻기는 파도처럼 다음이 온다.

+

그러게. 시 쓰기라는 게 꼭 그렇다. 하나의 이미지에서 분해되어 조각난 언어를 붙들고 헤매는 일이다. 조금은 체념한 채, 그러나 언젠가 누군가의 손에 쥐여줄 수 있을 거라는 희망. 결국 온전히 맞춰지지 않음을 알면서. 그 까닭은 뒤엉켜버린 순서와 고장 난 운명 때문일 것이며 그러므로 쿠쿠와 나는 다를 것이 없다. 그래서일지도 모른다. 나는 쿠쿠를 좋다는 말로 부족할 만큼 정말 좋아했다. 우리가 함께한 시간은 매번 어긋나고 삐걱거렸지만, 이제와 생각해보면 얼마나 아름다웠는지. 나의 여름이었고 나름 찬란했던 그때를 쿠쿠와 함께한 것인지, 쿠쿠가 만들어주었던 것인지 알 수 없지만, 하여간 나와 쿠쿠, 우리는 그랬다.

+

우리는 함께 버스 정류장에 있었다. 한낮이었다. 여름이었고 버스를 기다리고 있었다. 아니다. 버스를 기다리는 건 나였고 쿠쿠는 나와 함께 있어주는 것이었지만.

+

쿠쿠는 중지와 약지 사이에 담배를 끼우고 턱을 든 채 담배를 피우고 있었고 카메라를 들어 그의 모습을 찍었다. 곧 버스가 왔다. 나는 혼자 버스에 앉아서 쿠쿠의 모습을 떠올렸다. 눈물이 차올랐다. 창문을 통해 무수한 빛들이 지나가고 있었다. 그중 어느 것 하나 움켜쥘 능력이 내게는 없었다. 나는 카메라가 아니었다. 나의 눈은 셔터 박스가 아니었다. 내 안에는 감광체가 들어 있지 않았다. 흘러갔다. 흘러가고 있었다. 흘러가고 말 것이었다. 그러니 이상할 것이 없었다. 다음은……. 예정되어 있는 시간이었기 때문이다. 우리가 만나기 훨씬 이전부터. 어쩌면 지구가 막 태어날 때부터. 마침내 사라져버리고 말, 두 번 다시 돌아오지 않을 시간을 두고 나는 버스에 올라탄 것이었다. 이제 우리는 이 시간과 헤어지겠지. 사진은 그런 시간이 있었음을 보여줄 뿐이다. 그리고 또 무엇이 남을까. 내가 있는 한 남아 있을, 그래서 지금까지 기억하고 있는 그 별것 아닌 장면. 이후 각자의 시간을 향해 멀어졌다 우리는.

+

셔터의 소리는 두 개의 음절을 갖는다. 찰, 그

리고 착. 열릴 때 그리고 닫힐 때 셔터가 내는 소리는 카메라를 움켜쥔 손에 물리적 감각으로 전해져 온다. 빛과 관련된 한 사건이 무사히 마감되었다는 신호. 그러나 깜깜한 일이므로 나는 불안하다. 확인되지 않기 때문이다. 찍어낸 사진을 즉시 확인할 수 있는 요즘에 이르러서도 불안은 가시지 않는다. 사진은 카메라에서 완성되지 않는다. 찰칵, 셔터가 오르내리는 임무를 마쳐도 빛이 필름이나 센서에 밀착된다 해도. 그것을 인화한다고 해서 무언가가 완성되는 것 또한 아니다. 사진은 언제까지나 미완인 채로 거기 있다. 찰칵, 이라는 소리로만 남는다.

+

실은 그 순간이 마지막은 아니었다. 이후에도 일련의 사건들이 있었고 우리는 여전히 그 속을 헤매고 다녔을 것이다. 실제 우리가 작별한 것은 한참 후의 일이다. 쿠쿠는 먼 나라로 긴 여행을 떠났고, 나는 더 이상 아미고스에 가지 않았다. 카메라를 내려놓았다. 다시 시를 쓰기 시작했다. 쿠쿠가 여행을 떠나지 않았더라면, 나는 계속 카메라를 통해 무언가 보기를 열망했을까. 쿠쿠는 중국에서 짧은 메시지를 보내왔고 나는 간단히 답장했다. 그는 돌아왔다. 쿠쿠의 기억에 따르면 돌아온 뒤 우리는 몇 번쯤 다시 만났던 것도 같다. 그러나 나는 그때 그 사진, 쿠쿠가 담배를 피우던 모습을 우리가 함께한 마지막 장면으로 여기고 있다. 한동안 내 블로그에 담겨 있던, 어느 날 별다른 고민 없이 지워버린 그 사진은 이제 다시는 찾을 수 없게 되어버렸지만 여전히 생생하게 기억하고 있다. 반소매 카키색 폴로 티셔츠를 입고 곱슬머리인 채, 눈동자를 돌려 렌즈 뒤에 숨은 나와 눈을 마주치는 나의 쌍둥이. 쿠쿠.

+

무라카미 하루키의 장편소설 『국경의 남쪽, 태양의 서쪽』에서 시마모토는 하지메에게 자신의 어린 시절 사진을 보여준다. 하지메는 사진에서 시마모토의 변함없음을 찾아내려 한다. 시마모토는 고개를 젓는다. 사진으로는 아무것도 알 수 없다고. 거기에 있는 '나'는 그저 그림자 같은 것이라고 진짜 '나'는 사진에 나오지 않는다고. 하지메는 그 말에 마음이 아프다. 사랑하는 시마모토의 어떤 면모, 시마모토 스스로 진짜 '나'라 일컫는 모습에 대해 영영 알 수 없음을 절감하게 되었기 때문이다. 그제야, 자신이 얼마나 많은 시간을 잃어버릴 수밖에 없는 존재인지 깨닫고 만다. 한 장의 사진에는 하나의 순간만이 담긴다. 하나의 순간은 하나의 형식으로 드러난 관념이다. 눈을 감고 당시의 나를 한 장의 사진으로 떠올려본다. 사진 속에서 나는 몇 살이든, 어떤 옷을 입고 있든, 어떤 배경 앞에 서 있든 기억에 불과하다. 기억으로서의 나는 잠재되어 있고 결코 앞으로 나서지 않는다. 시마모토의 말처럼 사진 속에 나는 그림자이다. 나의 그림자를 보는 나는 하지메의 아픈 마음을 모를 수 없다. 사진을 들여다볼 때야 우리는 모든 것이 지나가버렸음을 확인한다.

+

　시를 쓸 때면, 쿠쿠의 작은 방 컴컴한 형광등 아래 노란 장판 위에 널려 있던 카메라의 부속품들을 떠올린다. 커다란 손에 어울리지 않는 작은 드라이버들과 박스 테이프에 붙여놓은 작은 나사못들을 생각한다. 그럼에도 불구하고 '우리'는 '무언가'를 조립하고 있다. 제대로 작동하지는 않을지 몰라도 '무언가'에게는 희망이 있다. 온전히 조립한다면, 그 결과가 망가진 카메라와 같다 해도 누군가에게 읽힐 거라는 희망. 반복.

+

　학교로 돌아갔다. 나는 바뀌어 있었다. 그사이. 외할아버지의 카메라를 물려받았다. 아버지를 잃었다. 쿠쿠와 가까워지고 멀어졌으며, 사진과 카메라를 뜨겁게 사랑하다 버렸다. 나에게 많은 것을 알려주던 아미고스 사람들을 잊기로 했다. 쿠쿠는 여전히 여행 중이었고 나는 내 자리가 어디에 있는지 어떻게 찾아야 하는지, 몰랐다. 내게 남은 것은 시뿐이었다. 시 쓰기뿐이었다. 시를 써야겠어. 시를 쓰기 위해 책상 앞에 앉았을 때, 아무것도 생각이 나지 않았고 이윽고 의심하기 시작했다. 혹시 내가 시 쓰는 방법을 잊은 것은 아닐까. 혹시 아예 몰랐던 것은 아닐까. 사실적이고 은유적인 형식으로 시간이 흘러갔다. '마치 사진처럼, 혹은 카메라처럼'. 마침내 무언가 쓰기 시작했을 때 나는 그렇게 되뇌었다.

+

나는 여전히 쿠쿠를 좋아한다. 쿠쿠는 나의 시적 단서이며, 일종의 가능성이니까. 쿠쿠가 고장 난 카메라를 끝내 고쳐내지 못한 것처럼 나 역시 나의 시를 끝내 완성하지 못할 것이다. 사실은 알고 있다. 우리의 목적이 완전함에 있지 않다는 것을. 설령 완전해진다 해도 또 다른 골칫거리를 끌어안고 망했다며 즐거워하겠지.

+

　카메라 렌즈는 화각을 가지며 그 폭은 렌즈의 구조에 따라 성격이 결정된다. 볼록하면 당겨오고 오목하면 펼쳐놓는다. 당겨오는 렌즈는 '망원'이라 불리고, 펼쳐놓는 렌즈는 '광각'이라 불린다. 멀리 있는 대상, 집중해야 하는 대상은 망원렌즈로 촬영한다. 넓은 면적을 한꺼번에 담으려 할 때는 광각렌즈로 갈아 끼워야 한다. 번갈아 사용하기 번거롭다면 줌 렌즈를 사용하면 된다. 파인더에 눈을 대고 줌 인, 줌 아웃을 해보면 이 세계가 얼마나 협소한지 또 평평한지 알게 된다. 가까운 것과 먼 것 사이에는 어떠한 규칙도 작동하지 않으며 그 차이 또한 없다는 것을 깨닫게 되기 때문이다. 원근법은 그와 같은 방식으로 간단하게 해체된다. 먼 것, 먼

곳과 가까운 것, 가까운 곳이 있다고 믿는 환상이다. 다만 '나'가 여기 단단히 붙들려 있을 따름이다.

+

내가 여기 단단히 붙들려 있을 따름이라는 인식은 사진 보기에서도 발견된다. 사진 인화물이라는 물질을 2차원으로 인식하는 것은 인화물이 종이에 의탁하기 때문이 아니라 세계가 2차원적으로 구성되어 있기 때문일 것이다. 기억의 평면성을 떠올려야 한다. 기억은 낱장 같은 것이어서 덧대어지고 겹쳐짐으로써만 입체적 면모를 갖춘다. 이를테면, 폭설. 횡단보도. 아이보리색 치노팬츠. 바닥에 떨어져 있는 머리핀. 이 개별이 교묘히 덧대어지면 어떤 시절의 한때가 완성된다. 그 세계에서는 말도 생각도 행동도 감각도 그런 식으로 이루어진다. 순식간에 그것들은 분해되어 상실된다. 어떤 계기가 찾아올 때까지. 각각의 조각들은 또 다른 이미지들과 결부되어 다른 시간 다른 장소

그리고 다른 의미를 환기할 것이다.

+

　'청년은 망원을, 노인은 광각을 찾는다'라는 속설이 있다. 커다란 망원렌즈는 시력을 초월하게 만들어준다. 조금 더 가까이, 보지 못하는 것까지 상세히. 어쩌면 젊음의 속성일지도 모른다. 당기는 게 아니라 풀어놓기. 좁히는 게 아니라 넓히기. 시력을 증강하는 것보다 당장 볼 수 있는 것을 살피는 일에는 편안함이 있다. 광각의 너르고 가까운 세계는 사실적이다. 오직 하나의 대상에만 집중하던 열렬함은 때로 어리석음과 등치된다. 그러나 보란듯 자신을 드러내며 셔터 버튼을 눌러대던 뜨거운 시절이 그리울 때가 있다. 젊음은 나이듦을 원하지 않지만, 지긋함은 지난 시절을 그리워한다. 자연히 그리될 수 없어 생기는 동경은 인간의 본능이다. 사진의 시작은 그와 같은 동경과 동경을 위반하는 욕망으로부터 시작된 것 아니겠는가. 지

나가는 것을 멈춰 세우고, 잊히고 마는 것을 고정
한다. 그럴 수 없는 것에 다가가기. 망원렌즈를 사
용했을 때 나는 물리적 실재를 바랐다. 광각렌즈를
사용하면서는 내부에 들어서기를 기대하고 있다.
결국 두 렌즈의 사용 목적은 동일하다.

+

　　지나간 것은 지나간 것이다. 나는 내 앞에 있
는 것들을 시에 담으려 했다. 망원렌즈를 거두는
대신 광각렌즈를 사용하는 법을 익혀야 했다. 손에
익지 않았다. 무언가 자꾸 놓치는 것만 같아서 안달
이 났다. 더 멀리, 보다 가까이 그런 노력이 작위임
을 천천히 이해해갈 때쯤 나는 내가 가진 재능이라
는 것이 얼마나 범박한 것인지 알게 되었다.

+

　　그해는 온통 겨울이었다. 물론 봄도 여름도

가을도 있었지만 내게는 겨울이었다. 손이 시려서 견딜 수가 없었으므로 카메라를 꺼내지 못했다. 애지중지 다루던 외할아버지의 롤라이플렉스도 라이카 M6 TTL도 어디에 두었는지조차 잊어버렸다. 이제는 사진을 찍지 않는 거냐고, 물어오는 사람은 없었다. 쿠쿠는 돌아오지 않았다. 기다리지 않았다. 시간은 차근차근 가고 있었고 나는 그 뒤를 착실하게 따라갔다. 돌아볼 여유는 없었다. 될 일과 되지 않을 일. 있을 수 있는 일과 있을 수 없는 일. 정리하는 것은 시간의 몫이었다. 내가 무엇을 할 수 있었을까. 그저 나는 시를 썼다. 쓰고 또 썼고 온통 시만 생각했다. 몇 번씩 시를 버렸고 돌아가 다시 챙겨왔다. 곧 졸업이었다. 그 시절을 위해 너무 많은 시간을 할애할 필요는 없다.

극작가가 되었고
시인이 되었고
직장인이 되었고
카메라는 깨끗이 잊었다.

그랬다고 생각했다.

그다음,
한쪽 눈을 잃을 차례다.

+

카메라를 놓은 뒤 시인이자 직장인이 된 지
수년이 지난 어느 금요일. 그날 저녁에 나는 작은
모임에 초대되었고, 식사를 하던 중 왼쪽 눈에 이상
한 불편함을 느꼈다. 기분 탓이라고 생각했다. 다
음 날 시야의 절반쯤이 보이질 않았다. 토요일이었
고, 큰 문제는 아닐 거라고 생각했다. 일요일 저녁
에는 왼쪽으로 아무것도 볼 수 없게 되었다. 응급
실. 긴급한 검사. 이윽고 세계의 한 면이 문을 닫았
다. 의사는 나에게, 앞으로 왼쪽으로는 볼 수 없게
되었다고 말했다. 순식간에 사라져버린 왼편의 세
계에도 아침이 있었다. 동이 틀 무렵 병원을 나섰

다. 한쪽만 눈부시다니 참 낯선 감각이네. 아득해져버린 것이 있었고 어떤 것은 지나치게 가까워졌다. 한쪽 눈을 감은 상태는 지속되었다. 이상하지만, 병원을 나서면서 나는 카메라를 떠올렸다. 그 중에서도 감광액를 도포한 유리판을 넣어 촬영하는 판형 카메라의 까만 천 덮개. 덮는 것은 사진을 찍는 사람, 촬영자이다. 천을 덮음으로써 촬영자는 사라진다. 오직 피사체와 들여다보는 시선만 남는다. 집중인 동시에 상호 간 일체화의 시도인 '까만 천 뒤집어쓰기'는 약식의 행동으로 여전히 이행되고 있다. 한쪽 눈을 파인더에 대고, 다른 눈을 감는다. 촬영자는 사라진다. 나의 한쪽, 일부처럼.

+

　　얇은 플라스틱 띠인 사진 필름은 빛에 반응하는 물질이다. 우리가 보는 사진은 렌즈를 투과한 빛의 강도가 필름 위에 새겨놓은 '무언가'이다. 빛에 닿은 필름의 면에서는 화학작용이 일어난다. 어떤 부분은 형태를 새기고 어떤 부분은 색을 입힌다. 그 과정은 현상現狀이기 때문에 언어로 현상現像되는 순간 그 신비는 사라지고 만다. 사진이 찍히는 과정을 언어화하는 것은 어리석은 짓이다. 치환될 수 없기에 사진은 단독적이다. 한편 형태와 색을 옮기는 과정은 일종의 밀착이다. 피사체의 빛이 필름으로 와 달라붙는다. 인화지에 담는 행위는 그 달라붙음을 분리해 옮기는 일이다. 그것을 우리는 사진이라고 부른다. 그곳과 그것을 '베껴'온다. 그곳과 그것을 이곳과 이것으로 바꾸어놓는다. 그것을 우리는 마치 기억이라도 되는 양 소중히 여기고 때로는 미련 없이 버린다. 액자에 담거나 빈 페인트 통에 넣고 불태워버린다. 남아 있거나 소멸된다고 믿는다. 기억과 사진은 다르다. 둘은 유사하지도 않다. 둘을 붙이는 것은 이상한 일이다.

+

　　한 눈을 감는 일. 한 눈으로만 하는 일. 파인

더에 눈을 가져다 대는 일. 우리가 찍는 이미지들은 지속은커녕 분절과 상실의 확인에 다름없다. 사진의 재현 대상은 사실이 아니다. 이제 거기 없음에 대한 반복적 상기이다. 다시 말하지만 기억과 사진은 다르다. 둘은 유사하지도 않다. 둘을 붙이는 것은 이상한 일이다. 시와 사진이 다르고 유사하지도 않은 것처럼.

+

시는 재현 그 자체를 포기한다. 포기하는 것에서 시작한다. 이미지의 자동 연상을 분쇄하고 재구성함으로써 사진은 가려진 것을 전면화한다. 우리가 보는 것은 사물이지만, 시를 통해 드러나는 것은 사물의 뒷면이다. 사진이 가리키고 있는 죽음을 시는 말하고 있다. 그것은 서로 다른 것을 보고 있는 나의 두 눈과 같다. 나의 왼눈과 오른눈은 서로 다른 것을 보고 있다. 왼눈은 어둠을 오른눈은 빛을 본다. 왼눈은 시를 위해 오른눈은 사진을 위해 존재한다.

+

나는 내 눈 때문에 울어본 적이 없다.

+

실명한 것을 계기로 회사를 그만두었다. 시집 서점을 열었다. 당시 누군가의 말실수처럼 '근사한 핑계'였으면 좋았겠지만 사실 다른 선택 항목이 없었다. 한쪽 시력을 잃었다는 것은 남은 시력이 한쪽뿐이라는 뜻과 같다. 일종의 각성이 있었을지도 모른다. 더는 내가 하고 싶지 않은 일을 지속할 필요나 이유도 없었다. 남은 한쪽 눈마저 잃으면 내게는 그저 암흑만이 주어지니까. 암흑. 그건 어떤 이미지일까. 나는 왼쪽을 자주 잊는다. 익숙해졌는 지도 모른다. 익숙해질 수 없어서 잊으려고 노력하 는지도 모른다. 그리고 자각은 주로 왼쪽에서 온다. 불쑥 튀어나오는 자동차나 자전거 혹은 사람에 부딪히거나 부딪힐 뻔하면서 사라진 왼쪽을 자각한다.

+

또는 증명사진. 잃어버린 신분증을 재발급받으려고 찍은, 서점 가까운 골목 한 어리숙한 사진가가 찍어준, 그 증명사진 속 왼쪽과 오른쪽 눈은 서로 다른 쪽으로 향해 있다. 무척이나 보기 괴로운 모습이었다. 나는 객관적인 내 모습을 구겨버렸다. 다른 가게를 찾았다. 포토샵으로 증명사진을 만져주는 업체였고, 나의 오른눈 이미지를 반전하여 왼쪽 눈 위치에 붙여두었다. 내가 아니었다. 나는 구겨버린 현실을 도로 펴고 들여다본다.

+

서로 다른 방향을 보는 눈.

모노크롬.

나는 모노크롬 바디를 쥠으로 해서

모노크롬을 선택한 셈이다.

+

　　오른쪽 눈으로 왼쪽을 보기. 할 수 없게 된 일:
운전. 두어 차례 가벼운 접촉 사고를 낸 뒤로는 운
전을 하지 않는다. 할 수 있는 일: 시 쓰기. 이따금
나는 눈을 감고 타이핑을 해본다. 양손 검지를 인
도하는 'ㄹ'과 'ㅓ'에 달린 돌기. 그다음부터 내 시에
는 온통 보는 이야기이다. 내 시는 들리는 것도 들
리지 않는 것도, 만져지거나 만져지지 않는 것도
'보는' 일을 다룬다. 결핍은 갈망을 낳는다. 하나 더
있다. 사진 찍기. 파인더 안은 눈보다 환하고 명료
하다. 파인더에 한쪽 눈을 대는 순간 모든 것은 그
안으로 수렴된다. 내 시와 내 사진은 드디어 만난
다. 오른손 검지에 닿는 셔터 버튼은 키보드 위의
돌기와 같은 역할을 한다. 작위다. 아름다운 작위

이다. 실제 세상에 그런 것은 거의 없다.

+

　라이카 모노크롬Monochrome은 오직 흑백만 담기는 디지털카메라다. 일반 디지털카메라에 있는 컬러 필터 어레이color filter array, 즉 색 정보를 가진 빛의 파장 수용체를 생략하여 오직 순수한 빛의 자취와 명암의 대비만을 상대한다. 기술 진보적 관점에서 카메라 라이카 모노크롬은 불완전하다. 나아가는 방향의 반대편을 택했기 때문이다. 이론상 흑백의 세계는 컬러의 세계 뒤편이다. 영화가 그랬고 TV가 그랬다. 카메라 또한 마찬가지이다. 흑백은 '원래'에 닿지 못한 미숙이다. 원본을 넘어서는 사본의 세계에서 다시 원본의 그림자로 돌아가는 일은 어떻게 보아도 역행이며 어리석은 일이 아닐 수 없다.

+

기술은 두 가지 방향으로 전개된다. 하나는 그 기술의 최대치를 가보는 쪽. 다른 하나는 기술 그 자체를 극복하는 쪽. 2012년 라이카는 흑백 전용 디지털카메라 'M 모노크롬'을 발표한다. 흑백 필름을 장착한 카메라처럼 오직 흑백 이미지만을 구현할 수 있는 이 카메라는 분명 기술 진보의 역행이었기 때문에 조롱과 비아냥거림의 대상이 되었다. 하지만 라이카는 개의치 않고 이후 십여 년에 걸쳐 'typ246', 'M10모노크롬', 'M11모노크롬'을 차례로 내놓는다. 나는 라이카의 모노크롬 카메라 개발 계획에 장삿속만 있었다고 보지 않는다. 모노크롬-흑백 이미지의 지향 그 자체에는 심도가 있다. 원본과 다른 사본으로서의 사진. 초창기로부터 지금에 이르기까지 사진은 언제나 표현이고 어디까지나 표현이다. 표현은 개성, 즉 다름을 지향한다. 이것(원본)과 저것(사본)의 비-동일성. 그러므로 흑과 백만으로의 촬영을 선택했을 때 이미, 촬영자나 관찰자("구경꾼"-롤랑 바르트) 모두 사진이란 무엇인가를 숙고하게 한다. "빛의 자취와 명암의 대비만을 상대"한다, 는 그런 의미이다. 나는 색을 포기한다. 면의 일부를 포기한다. 파인더 너머의 구조, 즉 보이는 것만을 생각한다. 카메라 회사가 어쩌면 편협한 방식으로 드러낸, 비非 진보의 방식으로 전개한 세계는 내가 추구하는 바와 적극적으로 교류한다.

+

　　내 첫 라이카 M6 TTL은, 친구의 남편에게 팔았다. 그는 카메라, 그중에서도 라이카에 푹 빠져 있었다. 내가 구매한 가격보다는 월등히 높은 가격이었지만 시세보다는 충분히 저렴했다. 거래 도중에도 망설였다. 거둬들일 수는 없었다. 한때 아버지의 마지막 선물이라고 우겼지만, 스스로에 대한 기만이자 못난 자기 합리화에 불과하다. 친구의 남편이 환한 얼굴로 나의 카메라 전부를 챙겨 떠났을 때는 차라리 잘되었다는 생각도 들었다. 필요한, 예견된 작별이었다. 그러나 외할아버지의 롤라이플렉스만은 팔 수 없다. 그것이야말로 내 어머니의 선물이고 기억이다. 나는 그것을 조카에게 물려주기로 마음먹었다. 책장 저 안쪽에서 찾아낸 것을 꽤 돈을 들여 완전히 분해 후 재조립하는 오버홀 ^{Overhaul}을 한 이유다.

+

이미지로 분류되어지지 않은. 기호화 이전의 빛. 그것은 세계를 이룬다. 나란히 놓이는 명암의 대비. 그것은 빛의 몸이다. 빛이 가진 본색이다. 빛은 명암을 통해서만 드러난다. 사진에서의 흑백은 그러므로 집중을 의미한다. 관계, 형태, 의미와 같은 어떤 상태의 구조. 오직 그것만을 들여다보고 남긴다. 흑백사진을 찍는다는 것은 버림을, 면面의 주된 정보를 고의로 누락시킴을 의미한다. 그러므로 표현이다. 다게레오타입의 사진이 가진 독창성을 검토했던 파리과학아카데미의 회원들은 최초

의 사진을 두고, 감탄하는 동시에 먼 미래의 컬러
사진을 기대했을까. 하지만 컬러사진은 흑백사진
을 극복한 것이 아니다. 그 둘은 다르다. 왼눈과 오
른눈이 다르듯.

+

　카메라를 판 돈으로 다시 카메라를 샀다. 유
튜브 촬영을 위해서였지만 내심 다시 사진을 찍어
야겠다고 생각했다. 한쪽 눈만으로 자유롭게 할 수
있으니까. 내친김에 눈보다 더 뛰어난 시력을 가
진 카메라를 가지고 싶었다. 소니에서 발매한 'α7
시리즈'는 절로 감탄하게 만든다. 어느덧 카메라는
거울마저 배제해버렸다. 미러리스. 무게와 크기를
줄이기 위해서. 파인더 안에는 모니터가 들어 있
다. 복잡한 절차를 생략한다. 촬영자와 피사체 사
이의 미묘한 시차도 삭제해버린다. 보이는 것은 찍
히는 것이다. 손에 쥔 카메라는 알려진 대로 몹시
뛰어난 성능을 가지고 있었다. 그래서 만족스러웠

느냐 하면 그렇지는 않았다. 실제보다 더 선명하고 분명해 보였으니 혼란스러웠다. 어딘가 잘못 도착한 기분이 들었다.

+

　형과 색이란 빛에 대한 해석이다. 헬리오스로부터 발생되어, 찾아오는 빛은 '거기'에 도착한다. 빛의 여행은 끝나지 않는다. 빛은 굴절되고 번지고 흩어진다. 어떤 빛은 흩어지고 어떤 빛은 좁은 구멍 속으로 빨려 들어간다. 구멍 중 하나는 사람의 눈이다. 사람의 눈 속에서 벌어지는 빛의 공명. 동굴에서의 경험으로 나는 이 울림을 이해한다. 나는 굴 속을 기어본 적이 있다. 종이컵으로 가린 촛불을 들고 일렬을 이루며. 앞으로 앞으로 기어가는 동안 하나둘 촛불이 꺼졌고, 마침내, 탁 트인 공동空洞의 내부로 진입했을 때, 그곳엔 수천 년 묵은 어둠이 있었다. 나는 그곳이 거대한 눈동자 같다고 생각했다. 촛불로는 다 밝혀볼 수 없는 동굴 내부에는 한때의 인적人跡들을 대신하여 깨진 항아리 파편들이 즐비했다. 어둠의 형색을 가진 조각들.

+

나는 사진을 찍는다. 이 한 문장이 내게 갖는 의미란 대략 이런 것이다. 내 안의 외할아버지를 끌어안기. 아버지 죽음을 끌어안기. 끌어안듯 보냈던 한때의 돌이킬 수 없음을 이해하기. 그리고. 그리고 나는 나의 왼눈두덩이 위에 오른손바닥을 가져다 댄다. 마침내 지금에 도착한다.

+

이제 와서는, 내 사진에서 어떤 쓸모를 찾지 않는다. 시집에 실은 적도 있고, 시집을 사면 나누어 주는 굿즈 케이스를 장식하는 용도로 사용한 적도 있지만 둘 다 내가 원한 일은 아니었다. 앞으로도, 내 사진의 구체적 쓸모를 찾는 일은 없을 것이다.

사진들을 담은 저장장치가 사라진다 해도 섭섭하거나, 괴로울 것 같지는 않다. 셔터 버튼을 눌러 셔터 박스가 움직이게 하는 일. 필름 위나 이미지 센서 위에 내 앞에 놓인 시간을 빛으로 새기는 일. 1초보다 짧은 시간에 내 몸속을 흘러가는 것들을 기억하는 일. 존재와 부재이기도 하고, 시간과 공간이기도 하고, 외조부나 아버지나 쿠쿠와 같은 존재들로 의인화되는, 말로 설명할 수 없는 어쩔 수 없음이기도 하며 무엇보다 나 자신을 잠시나마 감각하게 되는 중독적인 일. 그런 일을 그칠 생각은 전혀 없다. 그사이 내게 예정되어 있던 미래는 **빠르게** 사라져버린다. 나는 그것이 녹는 상태와 같다고 생각한다. 다 녹으면 아무것도 없을 것이다. 그 자리에 무언가 자라겠지만, 그것은 나의 일이 아니다.

+

　나의 시는 여태 그 자리를 맴돌고 있는 자취 같은 것이다.

쿠쿠로부터 버려진 창고에서 찍은 사진을 받았다. 정면 망가진 문 너머 나무의 둥치들이 버려진 채 자라고 숲을 이루는 게 보인다. 왼쪽으로 들어온 빛은 사진 오른쪽에 놓여 있는, 다섯 개의 거대한 돌 위에 드리워진다. 쓸모없는 이미지이며 아무렇게나 따뜻하다. 그 점이 마음에 든다. 원본 파일을 받아 저장했다. 쿠쿠는, 외할아버지나 아버지와 달리 여전히, 이렇게 말하면 다소 이상하지만, 살아 숨 쉬고 있다. 카메라를 해체하고 조립하는 일도 그만두지 않았다. 지금은, 내게 선물하기 위해 샀다는 라이카의 초창기 모델 '바르낙Barnack'을 고치고 있다. 아니 고칠 생각만 하고 그대로 두고 있다. 내가 카메라를 다시 쥐었을 때, 쿠쿠는 요정처럼 다시 나타나 내가 원하는 사진을 찍을 수 있게 돕고 있다. 그는 담배를 끊었다. 이런 여담은 깨끗하고 다정하며 다행이다.

피사체의 사전적 정의는 "사진을 찍는 대상이 되는 물체"이다. 사진가나 카메라 입장에서 찍게 되는 '무언가'를 의미한다. 피사체의 '피被'는, 접두사로 "그것을 당함"이라는 의미를 띤다. 그러니 피동이다. 피사체의 사전적 정의는 "사진에 찍히는 대상이 되는 물체"여야 마땅하다. 사진을 찍히는 것은 당하는 일이다. 사진이라 불리는 이미지가 되는 사건의 당사자이다. 영어로는 subject. 그러면 한국어로도 '대상'이라든가 '물체' 정도의 단어들로 정리해도 될 일인데, 굳이 피사체라는 단어를 썼다. 일본어를 찾아본다. 셧다이, 히라가나로는 'ひしゃたい'로, 한자로는 '被写体'이라 적는다. 사진 기술이 넘어올 적에 그 표현들도 함께 수입되어 여태 남아 있는 것이다. 구분은 필요했을 것이다.

+

사진 속의 대상은 유사 이미지이다. 대상의 유령이다. 사진 이미지(가상) 위에 자신의 '있었음'을 드러내기 위한 대상(실상)은 카메라를 들어 그것을 찍는 순간, 피사체로 의미 이동한다. 그러므로 사진 속 대상은 다른 맥락 속에 있다. 단 한 번 있었고 지금은 없는, 흐름 속 한 단면. 사진 속에 있는 것은 이제 없다. 없는 것만 이미지 위에 '가득' 있다.

+

그것이 내게 당신이다. 당신이 온다. 눈보라 속에서 당신으로 온다. 나는 파인더에서 눈을 떼지 못한다. 파인더는 왼눈과 오른눈을 구별하지 않는다. 한쪽 눈이며 그것으로 세계를 본다. 사각의 시야 안에서 당신은 완전하다. 프레임 같은 것 없이도 당신은 그럴 테지만. 그러니, 나는 이제 언제 셔터 버튼을 누를 것인가. 누르는 동시에 일단락이자 마침이다. 그것으로 한 세계는 끝이 난다. 그리고 다음 세계가 나타난다. 나의 시. 나의 전부. 그런 당신을 나는 아직 찍지 못한다. 찍을 수가 없기 때문이다. 그리하여 하늘에서 내린 작고 하얀 것이 쌓여간다. 눈은 내가 보는 것을 지울 것이다. 나를 지우고 당신은 지우지 못할 것이다. 그러나 그런 일은 아직 오지 않았다. 아직이다. 나는 파인더로부터 눈을 떼지 못한다. 카메라는 차갑다. 카메라는 참으로 차갑다. 차가운 카메라 앞으로 차가운 당신이 온다.

+

그리고 나는, 나는 셔터 버튼을 누른다.

II.

———

사
담

양산을 쓴 부인과의 대화

양산을 쓴 부인은 뷰티풀, 하고 말했다. 꽃이 참 예쁘지요. 뷰티풀. 하지만 나는 꽃을 찍은 게 아니라 검은 선과 노란 선이 교차되어 그어진 주차장 외벽을 찍은 참이었다. 고개를 들어보니 주차장 담장에 갖은 꽃들이 피어 있었다. 나는 양산을 쓴 부인에게 웃어주었다. 고개도 끄덕여 보였다. 나는 꽃을 찍은 게 아닙니다. 내가 찍은 것은 노인이 끌고 가는 자전거의 뒷바퀴. 투명 비닐에 담겨 버려진 초록색 유리병들. 새순이 흔드는 나뭇가지의 옅은 그림자. 야구모자의 소년스런 빨강. 그런 것처럼 검은 선과 노란 선이 교차되어 그어진 주차장의 외벽입니다. 말해주고 싶었다. 바람이 분다. 꽃그늘이 어지럽게 흔들린다.

꽃 사진. 나는 꽃 사진을 거의 찍지 않는다. 꽃 사진은 꽃의 재현-복제가 아니다. 꽃 사진은 꽃을 보았다는 사실을 재현-복제한다. 만약 꽃 사진으로부터 뷰티풀이 가능하다면, 꽃을 보았다는 사실에서 오는 뷰티풀한 기분, 감정의 재현-복제이다. 물론 나도 가끔 꽃 사진을 찍는다. 내가 찍은 꽃 사진은 내게 또 한 번의 봄이 있었다는 증명이다. 나는 내가 찍은 꽃 사진을 봄으로써 내게 있었던 또 한 번의 봄을 반추한다. 이 과정을 환유로 이해한다. 내게 환유는 사진과 같은 것들이 불러오는 슬픔이다.

(반면) 내가 찍은 낡은 자전거 뒷바퀴-초록색 유리병-새순 돋은 가지의 그림자-빨간 야구모자-주차장 담벼락 사진은 나를 놀라게 한다. 그들이 있

기 때문이다. 나라는 맥락으로부터 이탈하여 시간의 맥락을 이탈하여 재현-복제의 맥락을 이탈하여, 있다는 사실을 나는 뒤늦게 알아차린다. 그들이 여전히 있다는 사실에 감동한다. 나는 혼자가 아니다. 그들도 혼자가 아니다. 나와 그들은 우리가 아니다. 각각 존재하고 찍음으로써 찍힘으로써 서로를 발견한다. 있다, 라는 상태는 그 무엇과도 묶이지 않는다. 그것은 발견과만 관계한다.

여기서의 발견은 상호적이다. 파인더를 통해 들여다봄으로써 대상(낡은 자전거 뒷바퀴-초록색 유리병-새순 돋은 가지의 그림자-빨간 야구모자-주차장 담벼락)의 **있음**이 **발견**되는 즉시, 파인더를 들여다보는 촬영자(나)의 있음도 **발견**된다. 사진으로 찍지 않은 대상들은 내 기억에 입력되고 나는 그 있음을 알고 있지만 그 있음은 오직 나하고만 관계한다. 그로써 시간에 따라 변형되고 왜곡된다. 재현-복제의 방식을 거치면서 미화되고 추상화된다. 나는 많은 것을 기억하고 있다. 나는 많은 기억을 유실해버렸다. 어떤 기억은 있는 줄도 모른다.

사진이 존재의 결정적인 증거라도 되는 듯 말하려는 것은 아니다. 렌즈에 따라 카메라에 따라 조작 방법과 보정 방식에 따라 사진은 왜곡된다. 여기서 내가 말하는 바는 기술에 대한 것도 아니다. 실체에 대한 접근도 아니다. 나는 내가 찍은 대상들을 옹호하려는 것이다. 그들, 내가 찍은 것들, 낡은 자전거 뒷바퀴-초록색 유리병-새순 돋은 가지의 그림자-빨간 야구모자-주차장 담벼락은 뷰티풀함을 선행하는 것인지도 모른다.

시에 있어서는 빈 종이를 앞에 둔 시간이다. 빈 종이는 추상적인 무언가가 아닌 진실로 비어 있는 종이. 이따금 나는 빈 화면을 출력한다. 프린터 밖으로 밀려 나오는 종이 역시 비어 있다. 빈 종이들을 프린터 위에 내버려둔다. 퇴근 무렵 헤아려보면 빈 종이는 열 장이 넘기도 한다. 나는 빈 종이를 읽으려 해본다. 읽으려 해본 빈 종이는 다시 새 종이함에 넣어둔다. 새 종이함은 실은 빈 종이로 가득한 빈 종이함이다. 나는 그만큼의 빈 종이를 의식한다. 빈 종이 위에 적혀 있는, 실은 있음에 대해 괴로워한다.

나와 대상의 사이에 한 장 사진이 있는 것처럼 시와 나 사이에는 한 장의 빈 종이가 있다. 사진으로부터 상호 간 발견이 있듯이 시와 나는 서로를 밝혀낸다. 시와 나는 벗은 몸이다. 벗은 몸으로 태어나 기다린다. 벗은 몸으로 죽어간다. 빈 종이를 사이에 둔, 그런 현현. 시는 오직 나와 관계하고 나는 오직 시와 관계하려 하고 둘을 둘러싼 세계는 무화된다. 시(와 나)는 없음의 세계로 사진과 대비된다. 사진에 너무 많은 것이 있다면 시(와 나)는 아무것도 두지 않는다. 그런, 빈 종이 형식의 현현.

(그런 의미에서) 시(와 나) 또한 아름다움을 선행한다. 그리고 사진과 시는 각자의 모퉁이를 돌

아 맞닥뜨린다. 사이를 두고 발견되는 것과 사이를 통해 현현하는 것. 있다와 없다의 세계. 막다른 벽과 무색무취의 투명한 통과. 이탈하는 것과 초월하는 것. 그리고 아름다움(뷰티풀함)의 선행. 시와 사진은 서로를 지나친다. 서로와 부딪힌다. 그리하여 서로의 멱살을 잡거나 서로의 몸을 툭툭 털어주기도 한다. 만나지만 합쳐지지 않는다.

양산을 쓴 부인은 나를 향해 싱긋 웃는다. 어디서였을까. 우리는 마주친 적이 있다. 분명. 그때도 말한 적 있다. 뷰티풀. 양산을 쓴 부인은 더 시간을 주지 않는다. 없었던 일처럼 돌아선다. 골목을 따라 걸어간다. 양산의 꼭지가 그녀의 걸음을 따라 한들거린다. 나는 손에 쥔 카메라를 내려다본다. 뒷모습을 찍을까. 찍을 수 있을까. 망설이는 사이 부인과 그녀가 쓴 양산은 보이지 않는다. 카메라 전원을 끈다. 경통이 들어가고 베리어가 닫힌다. 나는 나무 그림자 아래 숨어 있는 골목길 사이로 접어든다.

문학(시)적 경험에 대하여

어느 달 밝은 밤에

오래전 어느 날 밤 나는 한 무리의 사람들과 함께 있었다. 나는 낯모르는 사람들과 취한 친구들이 뒤섞인 자리에 금방 흥미를 잃었고 좀 걸어볼까 생각했다. 무리 지음을 견디지 못하고 이탈하곤 하는 나의 고질적인 습관을 친구들 또한 모르지 않았다. 슬그머니 자리에서 일어나는 내 곁에 친구 하나가 따라붙었다.

나와 나의 친밀한 감시자는 어둠 속 이곳저곳을 어슬렁거렸다. 탁 트인 곳에 자리잡고 나란히 앉아 담배를 피웠다. 아무도 없었고 우리는 몇 마디 대화 끝에 침묵에 도달했다. 달을 발견한 것은 그때쯤이다. 느닷없이 나타난 듯 참으로 둥글고 환한 달이었다. 느닷없이 나는 감격하고 말았는데, 결단코 취기 때문은 아니었고, 달빛이 가진 공평함과 달빛 아래서 명백해지는 삶의 각양각색의 면모가 새삼 가까이 느껴져서도 아니었다. 그날의 달은 거대한 돌덩이였다. 실제 거리만큼이나 아득한 관념이 아닌, 아주 구체적인 형상을 한 외계의 암석이 떠 있었다. 저 무거운 것이 떠올라 있다니! 나는 불안해졌고 두려웠으며 놀라움으로 충만해졌다. 불가해한 현상을 설명할 수 있다는 인간의 오만에 경이로움을 느꼈다. "오늘도 달이 떠 있네." 나도 모르게 내뱉은 혼잣말에 옆에 있던 나의 친밀하고 짓궂은 감시자가 웃음을 터뜨렸다. 짧게 웃고 만 것이 아니라 그치지 못하고 웃다가 사레에 걸려 기침까지 해댔다. 역시 시인이로군! 시인이야. 오늘도 달이 떴다니! 그는 자리로 돌아가 친구들에게, 내가 어떤 표정으로 어떤 말을 했는지 들려주었고 자리에 있던 모두는 한바탕 웃어대며 나의 시인다움에 대해 한마디씩 거들었다. 그날의 일은 한동안 친구들 사이에서 화제가 되었다.

시(인다움)

내가 그날의 일을 비교적 또렷이 기억하는 이유는, 놀림을 당해서라기보다 풀리지 않는 의아함 때문이었다. 친구들은 당시 나의 행동과 말의 어느 대목에서 '시(인다움)'를 발견했던 것일까. 그 '시(인다움)'의 발견에는 어떤 웃음거리가 있었던 것일까. 꽤 시간이 지난 뒤 나는 감시자였던 친구와 그때의 이야기를 나눈 적이 있다. 그는 그날 일을 전혀 기억하지 못했다. '모두가 웃었다면 그럴 만한 이유가 있었을 것이며, 혹시 상처를 받았다면 미안한 일이지만 지금도 우스운 것은 사실'이라는 정도의 대답만 들었을 뿐이다. 그 화제에 대한 대화는 그쯤에서 멈추게 되었다.

그럼에도 나는 모두가 웃었고 혼자 영문을 알 수 없었던 그날을 기억 속에서 완전히 떨치지 못했다. 이따금 특정한 질문을 마주하면 가장 먼저 그때 일을 떠올리곤 한다. 특정한 질문이란, 시와 관련된 것으로, 그것의 본성 즉, 문학성이란 무엇인가로 압축할 수 있겠다. 누군가가 어떤 순간에 문학이란 무엇인가 하고 물으면 내겐 대답할 말이 별로 없고 그저 과거 달 밝은 밤에 적당히 취한 채 친구들에게 놀림을 받았던 순간, 내가 가졌던 의아함이 가장 먼저 떠오르는 것이다. 다른 사람이라고 다르지 않았다. 그 일화를 들은 대부분은 신통찮다는 반응을 보였고 그중 몇몇은 친구들이 참 짓궂군요, 혀를 찼을 따름이다.

앙드레 케르테스의 사진 한 장

「바이올리니스트의 발라드」는 헝가리 사진작가 앙드레 케르테스가 1921년에 찍은 사진이다. 사실 이 사진의 제목은 *Wandering Violinist* 즉, '유랑하는 바이올리니스트'인데 내가 이 사진을 발견한 롤랑 바르트의 『밝은 방』에는 「바이올리니스트의 발라드」로 소개되어 있(었)다. 이때의 발라드는

'Balade'로, 소요, 유영 등을 의미하는 불어였는데 한글로 적혀 있을 뿐 알파벳 병기가 되어 있지 않아서 나는 이를 부드러운 춤곡을 의미하는 'Ballad'로 잘못 받아들였다. 아이러니하게도, 내가 이 사진에 주목하게 된 계기는 이 오해 때문이었다. "바이올리니스트"와 "발라드"라는, 아름다운 단어 조합과 달리 사진-이미지 속 풍경은 더없이 황량했기 때문이다.

집 없는 아이

이 사진-이미지에는 세 사람이 찍혀 있다. 가장 눈에 띄는 사람은 눈먼 바이올리니스트이다. 그는 보이지 않는 청중에 둘러싸여 (이는 이중 삼중의 의미를 갖는다. 연주자는 보지 못하고 청중은 보이지 않는다) 바이올린을 켜고 있다. 눈먼 그를 인도하는 사람이 두 번째 등장인물이다. 그는 소년이다. 맨발에 짧은 하의, 긴 상의를 입고 있는 초라한 행색이지만 표정만큼은 도도하다. 마지막 한 사람은 음악에 대한 대가를 지불할 능력이 없는, 호기심 가득한 어린아이다. 그들에게 관심을 갖는 사람은 (촬영자를 제외한다면) 오직 이 어린이뿐이다. 이 사진은 나를 단숨에 사로잡았다. 눈먼 연주자를 인도하는 사진 속 소년처럼 나의 팔을 잡아 이끌어 어린 시절의 한 지점으로 데려갔다. 그곳은 책표지가 다 닳도록 넘겨보던 이야기 속이었다. 가족도 집도 없는 불행한 아이가 늙은 악사의 도움을 받아 꼬마 악사가 되었다가 우여곡절 끝에 잃어버린 엄마를 찾는 엑토르 말로^{Hector Malot}의 소설 요약판 동화『집 없는 아이』를 몇 번이나 읽었는지 모른다. 앙드레 케르테스의 사진 속 소년의 슬프고도 고고한 표정은 집 없는 소년 이야기를 반복해 읽던 그 시절, 돌아갈 수 없는 시간 속으로 나를 이끌었다. 그야말로 "나를 관통"해버린 것이다. 롤랑 바르트의『밝은 방』중에서 내가 '이해'할 수 있는 것은 "바로 이것" 사진 한 장이었다.

이후 나는 롤랑 바르트의 이 위대한 책을 수차례 재독하게 되었다. 그때마다 새로운 것을 읽어내었고 배워갔다. 나는 이 책을 사랑하는 것 같다.

반복해 읽었기 때문은 아니다. 『밝은 방』은 읽을 수록 새로운 속내를 보여주는 매력을 가지고 있다. 내가 가진 『밝은 방』의 남달리 빼곡한 메모와 온 갖 색의 밑줄들은 그 안에서 내가 늘 무언가를 희 구하고 새로운 연구 주제를 찾았다는 증빙이다. 하 지만 여전히 내가 『밝은 방』에 대해 자신 있게 말 할 수 있는 것은 케르테스의 사진 단 한 장뿐이다. 어쩌면 난 이 사진 한 장을 다시 만나기 위해 다시 읽기를 시작하는지도 모르겠다.

개인과 읽기

'달 밝은 밤의 기억'과 '사진 한 장의 발견'이 라는 두 사건 사이에는 기억의 주체인 '나'를 제외 하고는 어떠한 연관성도 없다. 경험한 시기도, 관 계된 인물도, 반추할 때의 기분도 다르다. 그럼에 도 둘 사이에 어떤 다리를 하나 놓으려는 노력은 각각의 기억에서 공통적으로 발견되는 성질들이 있기 때문이다. 그것들은 미처 정리되지 않은 채 산만하게 흩어져 있지만, 애써 모아 분류표를 붙이자면 '개인'과 '읽기'이다. 그리고 '개인'과 '읽기'는 내가 풀어보고자 하는 문제, '문학적 경험'에 대해 서술하는 데에 필수적인 요소가 아닐까 싶다. 돌이켜보면 내게 문학적인 어떤 것은 늘 '개인'에서 발생해 '읽기'를 거쳐 완성되었다. 문학은 내부에서 외부의 방향으로 발현되며 다시 내부로 수렴된다. 그것을 꺼내고 들이는 데에는 개인 차가 발생하며 그때마다 적절한 기술이 존재한다. 그러므로 나는 곱씹는 중이다.

개인, 경험

다시 앙드레 케르테스의 사진 「바이올리니스트의 발라드」를 본다. 주저하다가 확신한다. 나는 이 사진을 경험한다. 롤랑 바르트는 이 사진이 지닌 "확장의 힘"을 가리켜 "환유적"이라고 했다. 과연 그렇다. 사진 속 인물들, 특히 그중 한 명은 내가 읽었던 동화책을 '현시'했다. 그로 인해 나는 물살 위의 나무토막처럼 '돌아갈 수 없는 시간'까지 떠밀려가서, 그 시절을 만났다. '그곳'에서 내가 조우했던 것들은 일일이 밝혀낼 수 없을 만큼 많았다. 한편 롤랑 바르트는 앙드레 케르테스의 사진에서 "다져진 비포장도로"를 발견한다. 그 도로의 이미지가 "중부유럽"(콕 집어 헝가리와 루마니아)의 "촌락들을 온몸으로" 느끼게 만든다고 했다. 나는 사진에 대한 바르트의 짧은 서술에서 바르트가 다 적어내지 못한 것들이 있음을 알아챈다. 그것은 적을 수 없다. 모든 것이 거기 있기 때문이다.

'그것이 거기에 있음'을 문학이라고 할 수 있을까. 앙드레 케르테스의 사진으로부터 경험을 (롤랑 바르트가 사진적 경험으로 이해했듯) 나는 문학적 경험으로 이해하고 있다. 문학적 경험에는 적극적 의지가 필요하다. '그것이 거기에 있음'으로 찾아가야 하기 때문이다. 이 모험은 지극히 개인적이다. 감각이 그러한 것처럼. 기억이 그러하듯이. 이 의지적 모험으로 이끄는 것은 은유와 환유라는 장치다. 은유와 환유가 (외부에서 혹은 내부에서) 작동을 시작할 때 문학은 발생한다. 이를 통해 개인은 자신의 고유함 속으로 빠져들게 된다. 오직 일

대 일의 관계를 통해. 문학은 일 대 일의 반응을 원한다. 한 개의 탁구공이라는 상황에 대응할 수 있는 것은 오직 한 개의 라켓이듯. 이때의 반응은 상응이다. 의미는 한쪽에서만 생기지 않는다.

나는 좁은 길을 따라서 '그곳'에 닿고자 한다. 나와 롤랑 바르트가 같은 사진을 놓고 유사한 방식으로 환유적 경험을 할 때 우리는 '그곳'을 향해 출발했고 도달한 곳은 각자의 체계 안에 포섭되어 있는 같고 다른 시간이다. 시간은 지속된다. 그것은 흐르지 않는다. 나와 롤랑 바르트, 우리가 도달한 곳은 과거의 어느 지점이 아니다. 그렇지 않다면 죽음에 대해 설명할 방법이 없다. 어느 누구도 죽음을 경험해본 적이 없다. 죽음은 의지할 수도 감각할 수도 없다. 우리가 도달한 곳은 어디일까. 어쩌면 어디에도 도달하지 못한 채 떠도는 것은 아닐까. 지속되는 시간 위에서. 오로지 개인이라는 정체성에 매달려서.

독서하는 사람

이와 같은 표류의 구체적인 장면은 읽는 사람에게서 발견할 수 있다. 읽는 사람은 침묵 속에서 보이지 않는 손가락으로 책 속을 더듬어 의미를 이어간다. 그는 지속되는 시간에 자신의 몸을 던져 넣는다. 그럼으로써, 온전한 개인으로 거듭난다. 그는 홀로 분투하고 이기거나 무릎 꿇고 기꺼이 화해하고 한껏 빠져든다. 온갖 형태의 은유와 환유에 걸려 넘어지고 안기고 얻어맞으며 더러는 의심하고 분석하고 채집하면서 그 속으로, 실은 자신의 내면으로 걸어 들어가는 것이다. 경험해가는 그의 내면은 언어 너머의 세계에 있다. 물론 그 세계는 어떠한 언어로도 설명될 수 없다. 나는 서점에 서서 책을 든 채 움직일 줄 모르는 이들을 훔쳐보곤 한다. 그 순간 그들은 깊고 진한 흉터처럼 보인다. 이윽고 그 속에서 그들이 걸어 나온다. 책을 제자리에 꽂아 넣거나, 계산하기 위해서. 문학의 경험은 그사이 어디쯤엔가 있다.

읽기와 텍스트

텍스트는 읽기를 통해 존재하게 된다. 읽기가 가능하다면 그것은 모두 텍스트다. 마음을 읽는다. 분위기를 읽는다. 공기를 읽는다. 감정을 읽는다. 그림과 사진을 읽는다. 영화의 장면을 읽는다. 이때 마음, 분위기, 공기, 감정, 그림과 사진, 영화의 장면은 텍스트이다. 다시 말해 텍스트의 질료가 단지 언어일 수만은 없다. 읽기가 언어화된 이해 혹은 언어화된 것에 대한 이해만을 일컫지 않는 것처럼. 한편, 텍스트는 면직물이다. 텍스트는 본질이 아닌 결과물이다. 면을 들여다보면 가로와 세로의 형식으로 얽혀 있는 각각의 실은 여러 개 씨앗의 소산. 읽기는 텍스트를 만지는 과정이다. 햇빛과 바람과 비의 질감이 느껴지고 그로부터 꿈꿀 수 있다면, 읽고 있는 것이다.

읽기는 삼키는 동작과 닮아 있다. 어떤 형태를 씹는 것처럼, 우리는 텍스트를 개인화한다. 단어를 문장을 문단을 맥락을, 삼키기 좋은 최적의 상태로 만들기 위해 입안에 음식을 넣고 잘게 부수듯,

읽을 수 있는 상태로 만든다. 읽는 자는 실눈을 뜨고 자신도 모르게 다리를 떨거나 입술을 뜯는다. 벽이 있다면 벽을 더듬어 그것을 넘을 수 있는지 없는지 가늠하느라, 틈이 있다면 그 틈을 비집고 들어갈 수 있는지 탐색하느라 여념이 없다. 언뜻 보이는 너머의 세계를 여전히 모르기 때문에. 주변을 잊고 주어진 텍스트들을 개인의 몫으로 만들어간다.

읽기와 보기

내가 운영하고 있는 서점 앞에는 커다란 안내판이 붙어 있다. 안내판의 안내문에는 다음의 요청이 적혀 있다. *하나, 사진을 찍지 말아주세요. 다른 사람들에게 방해가 됩니다. 둘, 이곳은 시집서점입니다. 시집 외 다른 도서는 없으니 찾지 말아주세요.* 이 안내판은 무심결에 지나치기 쉽지 않다. 그 크기도 크기거니와, 서점의 입구가 나선계단의 형태이기 때문에 속도를 내어 지나칠 수 없기 때문이다. 하지만, 하루에도 몇 번씩 나는 사진 자제를 요청하거나, 다른 책이 없다는 것을 안내해야 한다. 나의 요청과 안내를 들은 사람들은 하나같이 몰랐다고 대답한다. 어떤 사람들은 본다. 읽지 않는다.

읽기와 보기는 그 행위의 형태로는 구분할 수 없다. 읽는(읽은) 이와 보는(본) 이는 구별되지 않는다. 어느 달 밝은 밤에 나는 '달'을 읽었다. '달'은 나에게 텍스트가 되었다. 같은 시간 같은 곳에서 나와 거의 유사한 자세로 앉아 있던 친구는 달을 보았다. 텍스트로서의 '달'과 달 사이. 어리둥절하기까지 한 간격이 있다.

읽기는 능동적인 행위이다. 뿐만 아니라 경험에 의해 축적되는 기술이다. 읽기의 능동성과 기술은 보이지 않기 때문에 더러 자의적/작위적인 것으로 오해받는다. 읽기와 보기의 대상이 같을 때 이러한 오해는 증폭된다. '달 밝은 밤의 기억'에서 나의 무심결에 튀어나온 발언("오늘도 달이 떴구나.")이 읽기로부터 비롯된 반응이라면, 그렇게 전제할 수 있다면, 그에 터진 친구들의 웃음은 나의 자의와 작위에 대한 격렬한 반응인 셈이다. 서점

앞 안내판을 '본' 사람과 달을 '읽은' 사람의 차이에 대해서 어떻게 말할 수 있을까.

물론 '보기'와 '읽기'는 어떤 요구에 길들여진 습관이다. '보기'는 그러기를 원하는 구조에 의한 태도이다. '읽기'는 그러하기를 요구하는 구조에 의한 태도이다. 전자가 집단적이고 자본적이라면 후자는 개별적이고 반자본적이다. 전자는 빠르고 간편하며 후자는 느리고 복잡하다. 전자와 후자는 혼재되어 이분법의 논리에 갇히지 않는다. 보는 자와 읽는 자 역시.

문학적 체험

중학교 2학년 국어 시간이다. 시는 봄에 배우는 것인데, 내 기억은 자꾸 여름의 창을 만든다. 열린 창문과 부풀어오르는 더러운 커튼. 나는 키는 큰데 눈이 나빠서 앞줄에 앉아 있다. 그런데도 아이들의 뒤통수가 보인다. 그리고 교단에는 담임선생님. 그는 수학 담당이었는데 어째서. 하여간 엉망으로 뒤섞인 가운데에도 분명한 것은 이육사의 시 「청포도」이다. 페이지는 오른쪽. 아무 소리도 들리지 않는다. 나는 보았다. 은쟁반의 서늘함과 모시 수건의 거칠한 흰빛 그 위의 청포도. 그것은 입안 가득한 달콤함이었다. 깨고 싶지 않아서 숨마저 조심스레 쉬었던 경험. 그것이 나의 첫 시, 첫 문학적 체험이다. 은쟁반 위 모시 수건과 청포도로 구성된 세계는 여전히 거기 있다. 그런데 그곳으로 찾아가는 길은 쉽사리 드러나지 않는다. 다만 나는 알고 있다. 다른 세계가 거기 있다는 사실을. 이육사의 시에 대해 이야기할 기회를 얻기만 하면 나는 나의 체험을 간증한다. 그리고 둘러보는 것이다. 혹시라도 나와 같은 체험을 해본 사람이 있는지.

어쩌면 문학적 체험은 '간절히 원하는 일'일지도 모른다. 다시 찾아와주기를. 나에게로. 그 세계가 비로소 도래했을 때의 기쁨을 위해서. 그러기 위해서 읽고 또 읽는 것이 아닐까. 체념과 낙담을 반복하면서도, 그리고 그리 닿을 수 있다는 가능성을 내포한 것을 문학 혹은 시라고 부를 수 있는 것은 아닌가 생각해본다.

월담

- 앙드레 케르테스의 사진

앙드레 케르테스의 사진집 『ON READING』
에는 읽는 사람들의 모습을 담은 다양한 사진들이
실려 있다. 이 사진들을 살펴보는 "구경꾼"들은 어
느 순간 소리의 부재를 깨닫게 된다. '소리 없음'은
사진의 매체적 특성이다. 사진을 찍는 사람들은 끊
임없이 소리를 의식하고 배제하거나 형상화하며
프레임 속 이미지를 구성해나가게 된다. 그러나 케
르테스는 이 프로젝트에서 소리를 의식할 필요가
없었다. 읽음이라는 공동空洞의 행위는 소리와 관
련해 두 가지 상태를 전제하는 까닭이다. '읽는 사

람은 소리를 내지 않는다.' 그리고 '읽는 사람은 소리를 듣지 못한다.' 사진 속 읽고 있는 인물들은 엎어놓은 유리관 속 장미 같아 보인다. 소란스러운 교실에서든, 사람 가득한 공원 들판에서든. 조용한 연구실이나 건물 옥상에서도 읽는 이들은 고고孤孤하고 고고孤高하다.

앙드레 케르테스의 생애에 있어 '뉴욕 시기 New York period, 1936-1985'로 명명되는 1963년 5월. 그가 거리에서 찍은 사진에는 두 노인이 있다. 두 사람 모두 읽고 있는 중이다. 그중 한 사람은 멀끔하다. 손목에 지팡이를 건 채, 브로슈어를 읽으며 (비)웃고 있다. 다른 한 사람은 초췌하다. (그의 때로 얼룩진 손을 보라!) 한 손을 낡은 코트 주머니에 넣고 다른 한 손으로는 신문의 글자들을 짚고 있는 그의 표정은 심각하다. 아니, 절박해 보이기까지 한다. 각각의 처지를 부각하는, 일견 진부한 대비에서 나의 눈을 사로잡는 것은 그들의 구두이다. 그들의 구두는 같은 사람이 만든 것처럼 닮았고 누구의 것이 더할 것도 없게 똑같이 낡아 있다. 멀끔하거나 초췌하거나. 웃고 있거나 심각하거나 그들은 똑같이 이 세계에서 읽고 있는 사람들이다. 이 사진의 구경꾼들은 구두를 통해 "고고孤高하고 고고孤高"한 읽는-이들이 현실에 발붙인 채 살아가고 있다는 사실과 어떤 읽기도 지금-여기로부터 벗어나지 못한다는 제한적 조건을 실감한다. 느슨하지만 분명한 공동체에 두 사람은 속해 있다. 각각의 읽기를 하면서. 그 읽기를 통해서.

시에 대해 생각함은 읽기를 생각함과 멀지 않다. 멀어질 수 없다. 시는 읽기로부터 비롯되며 (잠시 작가의 손끝을 거쳐) 읽기로 완성되기 때문이다. 읽기는 철저하게 개별적 행위이다. 그러므로 시에 대해 생각함은 각자의 시를, 각자의 읽기를 생각함을 의미한다. 수천수만의 개인이 있어 수천수만의 읽기가 있고 수천수만의 시가 있다. 이 개별성은 단단한 성벽이다. 아무도 들이지 않는다. 소문만 무성하고 어디에서도 발견되지 않는 그 성벽은 오직 침묵 중에만 쌓이고 견고해진다. 인간이 가진 능력 중 가장 신비로운 것임에 분명한 침묵을 통해서 우리는 단독자로 거듭난다.

동시에 시에 대해 생각함은 잇닿아 공고해지는 공동체에 대해서임이 아닐 수 없다. 각자의 문학을 유지한 채 맺게 되는 연대는 무궁히 늘어날 수 있으며 그 수만큼 강력한 힘을 갖는다. 이 연대는 읽기를 통해 구분을 해체하고 하나의 가능성을 유지한다. 그 가능성을 '삶'이라고 불러야 할 것이다. 우리는 읽음으로써, 살아내고 살아 있다. 읽음으로써 자신의 삶을 증명하고 타인의 삶을 증명해낸다. "고고孤孤하고 고고孤高"함을 침묵이 구축해낸다면, 삶과 삶을 연결하여 붙들어놓는 힘은 이해이다. 침묵 중의 연대는 나와 너를 '우리'로 이끌어내는 아름다움을 드러낸다. 앙드레 케르테스가 말년에 진행한 프로젝트는 바로 이것, 우리를 더 나아가게 만드는 읽기의 연대, 이른바 시의 힘을 드러내보이려는 목적에서 출발했을 것이라고 나는 생각한다.

나는 침묵으로부터 비롯되는 분리와 그 너머를 꿈꾸는 이해의 추구를 '월담'으로 이해한다. 월담은 현상이나 행위가 아니다. 침입도 폭력도 아니다. 그것은 가능성이다. 어려움을 끌어안은 채 이어가는 도전이다. 그 무엇도 용인하지 않는 단단한 성벽 너머로 가닿으려는 이 무용하고 무방한 노력으로부터 인간이 인간과 더불어 인간으로 살 수 있는 기적과도 같은 일이 읽기와 시로부터 시도되는 것이 아닐는지. 지나치리만치 낙관적인 이와 같은 기대를 나는 믿고 있다.

the sound i saw

- 로이 디커러바의 사진

J가 내민 것은 로이 디커러바^{Roy DeCarava}의 사진집이었다. 구하기 위해 퍽 애를 쓴 모양이다. 온·오프라인 가릴 것 없이 뒤지다가 통의동에 있는 서점에서 한 권 남은 로이 디커러바의 사진집 찾아내기까지 긴 여정을 설명해주는, 평소 말수 적은 J의 얼굴은 발갛게 상기되어 있었다. 투쟁적 노력의 성취에 대한 자랑스러움과 내가 뜻밖의 선물에 기뻐하리라는 기대 때문이었을 것이다. 하지만 정작 나는 그 두껍고 커다란 사진집이 어리둥절할 따름이었다.

로이 디커러바의 사진을 흠모한다. 그의 사진집을 원했다. 하지만 갖기 위한 노력을 한 적은 없었다. 무언가 맞아떨어지지 않는다. 어째서일까. 나의 당혹을 미처 알아채지 못한 J는 어서 사진집을 넘겨보라고 졸랐다. 그제야 나는 사진집의 표지를 유심하게 살펴보았다. 콘트라베이스의 핑거보드에 손가락을 올리고 있는 연주자 모습이 무대 조명에 의해 실루엣으로 남아 있다. 마치 새겨진 듯 보이는 사진이다.

느닷없이 사진집의 크기와 두께가 느껴졌다. 분명 내가 가지고 있는 그 어떤 책보다도 커다랄 것이었다. 내 서재에 놓인 책장에는 꽂지 못하게 될 것이며 동시에 나는 내가 이 커다란 사진집 속 위대한 사진들을 채 소화하지 못하리라는 확신에 가까운 예감에 사로잡혔다. 그래서 나는 당장 책장을 넘겨볼 용기를 내지 못했다. 마침내 J는 실망한 기색을 내비치고 말았다. 나의 망설임을 마뜩지 않음으로 짐작했던 모양이다. 나는 선물이 마음에 들지 않는 게 아니라고 이야기해주었다. 내가 느끼는 막막함을 설명할 자신이 없어서 그다음 말을 망설이다가 "조용히, 혼자 있을 때 보고 싶어요." 둘러대고 말았다.

예정이라도 된 듯 로이 디커러바의 사진집은 책장 어느 칸에도 맞지 않았다. 다양한 시도 끝에 결국 포기하고 나는 그 커다란 책을 책상 위에 올려두었다. 그리하여 나와 콘트라베이스의 핑거보드에 손가락을 올리고 있는 연주자 실루엣은 시시때때로 만나는 사이가 되었다. 아침 출근 전에, 저녁 퇴근 후에, 독서를 하거나 글을 쓰기 위해 책상에 앉을 때. 내 우상이 남긴 기록이며, J의 선물이고 내가 가진 어떤 책보다 커다란 로이 디커러바의 사진집은 그렇게 잊으려야 잊을 수 없는 것이 되었다. 때로 사진집은 내 책상 위에 새겨져 책상의 일부가 된 것처럼 여겨지기도 했다. 더러 그 위에 손을 올려놓기도 했고 매만져보기도 하면서 나는, 위압적이었던 사진집에 익숙해졌고 막막함은 커녕 친숙함마저 느끼게 되었다. 어쩌면 이 사진집이 이토록 커다란 이유는 꽂히지 않기 위해, 놓이기 위해서일지도 모른다는 다소 엉뚱한 생각까지 해보았다.

여전히 나는 쉽사리 책장을 넘겨보지 못했다. 로이 디커러바의 사진이 보고 싶거나, 필요할 때면 인터넷을 검색했고 화면 위에 떠올라 있는 아름다운 흑백의 이미지에 감탄했다. 분명 사진집 속에는 작가의 의도에 맞게 프린트된 사진이 있을 거였다. 그럼에도 나는 책장을 넘기지 못했다. 그의 사진이 실재한다는 것, 단지 인터넷망 위를 떠도는, 2진법으로 재조직한 데이터에 불과한 것이 아니라는 사실을 확인하기가 두려웠던 것이다. 두려웠다니. 대체 왜? 나는 느닷없는 감정의 근원에 대해 더 깊이 생각해보고 싶었지만, 그런 일에는 계기가 필요하다.

가령, 어떤 깊은 밤, 움직일 때마다 삐걱거리는 낡은 의자에 앉아 낮은 조도의 스탠드 불빛에 홀린 듯 마음을 빼앗기는, 시간. 어쩐지 마법처럼 느껴지는 느닷없는 몰두와 상념이 찾아오는 시간은 누구에게나 있는 법이다. 그와 같은 깊은 밤이 찾아왔다. 그제야 나는 로이 디커러바의 사진들을 마주 대하는 것, 그에 앞서 로이 디커러바의 사진집으로부터 내가 느끼는 애정과 두려움, 존경과 실의 등등의 언뜻 상반된 듯하지만 실은 한몸인, 감정에 대해 생각해보는 것 외에는 그 어떤 일도 할 수 없다고 확신하게 되었다. 마침내 그 큰 사진집의 첫 페이지를 펼쳐보았다.

　　로이 루돌프 디커러바. 1950년 할렘 출생. 흑인의 삶. 그들을 찍은 사진. 그중에서도 위대한 재즈 아티스트들. 맞지 않는 초점과 흔들리고 번들거리는 1/15초. 그는 셔터를 눌렀고 그의 카메라에는 다음과 같은 것들이 담겼다. *지속되는 비트, 공기와 몸을 섞는 현과 스틱, 그리고 건반, 어둠 속으로 사라져버리거나 빛에 의해 하얗게 타버리는 소리–소음, 벤 웹스터Ben Webster, 존 콜트레인John Coltrain, 듀크 엘링턴Duke Ellington, 빌리 할리데이Billie Holiday.* 그리하여 구겐하임 펠로우십을 수여받은 최초의 아프리칸-아메리칸 사진작가. 익히 알려진 사실들을 굳이 열거할 필요가 있을까. 마침내 로이 디커러바의 사진집을 펼치려 하면서 나는, 정체불명의 까닭과 원인불명의 결과에 사로잡혀버렸다.

사진 속에는 찍은/찍힌 '그때'의 존재들이 있다. 사람이거나 사물이거나 풍경인 그들은 사진이 남아 있는 한 '현재' 중이다. 사진을 볼 때의 '나'는 그저 그 현재 중을 목격한다. '그때'의 존재들은 재현되지 않는다. 2차원 평면의 종이 위에 '있을 뿐'이다. 사진으로부터 무언가를 가지고 올 수 있다면 그것은 '그때'의 존재들의 '현재'를 제외한 나머지 부분이다. 그것은 결국 그들도 그들의 죽음도 회수하지 못했다. 이 커다란 사진집은 이처럼 회수되지 못한 채 '남겨진 것'들로 가득하다. 유명하거나 무명인, 연주를 하거나 춤을 추는, 몰입하는 중이거나 더없이 따분한, 매니큐어를 칠하며 커피를 마시고 대화 중인, 화려한 파티장에 있거나 지저분한 슬럼가에 있거나 무관하게 현재 중인 그들이 두고 떠난 것이 사진집 속에 남아 있다. 나는 그것을 '생의 증거' '살아 있었음의 표시'라고 확신한다. 그것은 '생生'이라는 단어가 의미하는 바와는 다르게 힘

163

없이 아득하다. 묶여서 진열장 속에 놓인 오래 팔리지 않아 빛바랜 물건들처럼 비정형의 인과관계에 붙들려 있다. 피사체 혹은 피사체의 배경 아니면 프레임 안쪽이나 바깥쪽. 한 장의 사진이라고 불리는 세계인 채로. 내가 피하려 외면해온 두려움은 남겨져버린 '생의 증거' '살아 있었음의 표시'라는 유령이 선사하는 무기력함이었다.

나는 점점 더 무거워지는 책장을 넘기다가 한 장의 사진 앞에서 멈춘다. 버스 정류장을 알리는 이동식 안내판을 끌어안듯 붙들고 서 있는 한 명의 소녀. 로이 디커러바는 소녀보다 큰 키를 활용해 장면을 하이앵글로 포착해 대부분의 것들을 지우고 오직 소녀만을 남겨둔다. 커튼이나 식탁보 등을 만들고 남은 천으로 만든 것이 분명한 원피스 아래로 아프로-아메리칸 특유의 긴 정강이가 드러나 있다. 그 아래 자신의 그림자를 가볍게 밟고 있는 소녀의 구두 신은 발. 발목 아래로 흘러내리는 하얀 양말이 유독 하얗다. 소녀는 미심쩍은 눈빛을 거두지 않는다. 정확히 렌즈 속에서 로이 디커러바 시선을 찾아내 마주 보고 있다. 소녀는 사진을 찍는 로이 디커러바를, 그의 행위를 신뢰하지 못한다. 로이 디커러바의 기습과 의도를 감춘 침묵에 동의하지 않는다. 자신의 사적 역사를 증거할 수 있는 것은 자신뿐이라는 듯 굳게 다문 입술로 말한다. 나는 아무것도 말하지 않을 것이라고. 나는 가만히 놀란다. 네가 감히 '생의 증거'를 '살아 있었음의 표시'를 한 장 사진으로 이해하려느냐는 야단을 들은 것처럼. 동시에 비로소 알아챈다. 로이 디커러바는 알고 있다. 사진은 무기력하다. 그가 찍은 사진의 특별함은 그가 사진으로 남기려 하지 않았다는 데에 있었다. 'the sound i saw.' 사진집의 의미를 되짚어 생각해본다. 그가 찍은 이야기는 그 순간 소실된다. 진정으로 남는 것은 성립하지 않는 이야기. 그런 이야기의 이야기. 그러니까 더도 덜도 아닌 타자로서의 시. 버려져 남겨진 것들의 속삭임. 어둑해진 방에서 나는 한 장 사진에 멈춘 채 가만히 귀를 기울인다. 무슨 소리가 들린 것처럼 아무 소리도 없다.

그날 밤 이후 로이 디커러바의 사진집은 마치 열린 적이 없는 것처럼 내 책상 위에 놓여 있다. 그전과 마찬가지이지만 동일하지는 않다. 그것은 열렸고 쏟아졌고 남겨졌으며 도로 덮였다. 판도라의 상자처럼, 그러나 남은 것은 희망이 아니며 모든 것은 고스란하다. 그렇다면 나는. 나는 다른 사람이 되었다. 나는 알아버렸는데, 그것은 광적인 형태의 알지 못함이기도 하다. 고백하자면 몇 번인가 한밤중에 사진집을 들춰본 적이 있다. 이 사진집의 제목은 모두 소문자로 적혀 있고 나는 'I'가 어째서 'i'로 적혔는지 매번 이해하게 된다. 그것은 표지의 실루엣과 마찬가지로—모두를 뜻하는 동시에 그 누구도 아닌 나 자신만을 의미하게도 되는 것이다. 어느 날 J가 물었다. 사진집을 보았나요. 나는 그럼요. 하고 대답했지만 슬쩍 고개를 젓고 말았다. J가 그 사실을 눈치챘는지, 그것은 알 수 없는 일이다.

모던 컬러

– 프레드 헤어조크의 사진

요 며칠 나를 사로잡고 있는 프레드 헤어조크Fred Herzog의 『모던 컬러MODERN COLOR』는 두껍고 크고 비싼 사진집이다. 프레드 헤어조크는 1950년대 그야말로 사진의 전성기를 한껏 누렸다. 독일에서 태어났고 캐나다로 건너가 2019년 88세의 나이로 작고할 때까지 활동했다. 그의 사진-이미지는 코다크롬으로 요약할 수 있다. 이른바 컬러사진이다. 컬러사진이 무어 그리 대수인가. 1861년 공개된 이래 160여 년이 지난 지금에 와서 컬러사진이 매료됨의 이유가 된단 말인가. 하지만 컬러사진이 아닌, 컬러를 찍은 사진이라면 이야기가 다르다. 프레드 헤어조크의 사진 속 빛은 컬러 그 자체였던 것이다.

사물이 가진 고유의 색을 파악하기 위해서는 빛이 필요하다. 사물의 표면에 닿은 빛이 반사되어 우리 눈에 닿고 그것이 수정체에 의해 굴절되어 망막에 닿고 뇌의 보정을 거쳐 색으로 인식이 된다. 이 과정을 기계적으로 수용한 것이 카메라 시스템이다. 카메라의 작동 원리는 눈이 하는 일을 흉내 낸다. 빛이 렌즈를 통과하고(수정체) 거울-필름면을 통해(망막) 촬영자의 눈에 닿는다. (요즘 방식이라면, 거울은 생략되고 그 역할을 이미지 센서가 대신하겠지만 원리는 동일하다.) 사람과 달리 카메라에는 빛을 처리함에 있어 이중 과정을 거치는데, 눈에 닿는 빛을 매체가 '저장'하기 때문이다. 두 갈래의 처리는 되도록 일치하지만 완전히 일치하는 것은 아니다. 받아들이는 두 주체(사람과 카메라)는 엄연히 다르므로 그 사이의 입장차 혹은 감각차가 발생한다. 여기에 원본(피사체)의 실제성과의 차이까지 뒤엉키면 복잡한 삼각관계가 만들어진다. 촬영된 사진-이미지는 원본에 대한 일종의 은유이다. 사진-이미지를 보며 감탄한다면 그것은 실제에 대한 감탄이 아니다. 원본을 재현한 사본으로서가 아닌 원본에 대한 은유로서의 가치를 인정받는 것이다.

프레드 헤어조크의 사진은 색을 색으로 은유한다. 보다 사실적으로. 원본과 유사하게, 따위의 계획은 그의 사진에 없다. 하나의 형태처럼 색을 다룸으로써 뉘앙스를 만들고 그것을 들여다보게 만든다. 거기에는 보존되지 않는 것, 그대로 스러져 가는 것 즉 흘러가는 시간의 몸의 일부인 색의 제시가 있다. 더러는 비스듬하게 때로는 정직하게 제시하는 프레드 헤어조크의 색은 마치 텍스트인 양 읽힌다. 프레드가 활동하던 1950년 당시 주요 사진 작가들은 흑백 필름으로의 작업을 고집했다. 컬러사진의 변색 가능성과 색이 피사체의 본질로의 진입을 방해하는 요소라는 걱정 때문이었을 것이다. 사진이 예술 작품으로 인정받기 위해 필요한 것은 불변의 가치와 의도 하에 정리된 미적 관점이었다. 그로서 가지고 있는 가치를 증명해야 했다.

철물점 수습생 출신의 사진작가인 프레드 헤어조크 역시 처음에는 흑백-이미지를 선보여야 했을 것이다. 엘리트 출신이 아닌 그의 입장에서는 자신의 작가됨을 증명하기 위해서라도 보다 더 흑백 작업에 천착했어야 했을지도 모른다. 그러나 그는 컬러-이미지를 포기하지 않았다. 아니 못했다. 그의 이력에 중요한 부분을 차지하는 도보여행에서 걷고 또 걸으며 그가 본 것은 반복되는 것처럼 여겨지지만 한시도 같지 않은 생의 면모였을 거라고 확신한다. 그것을 사진으로 찍는 방법은 뜻밖의 순간에 드러나곤 하는 색을 포착하는 방법뿐이었으리라. 당시 현상 인화하기 더없이 까다롭던 슬라이드 필름 작업에 매달린 이유도, 뒤늦게야 인정을 받기 시작하기까지의 외로운 시기를 버텨낸 힘도 사물에 속해 있는, 그 자체로 살아 흘러가버리는 변화무쌍한 '컬러'를 증명해 보이고자 함에서 기인한 것이 아닐지.

그의 컬러사진에서 이제는 없는 노을의 빛을 본다. 빨간 구두와 초록색 스타킹을 본다. 커다란 배 선체에 달라붙은 따개비와 그것을 제거하는 부두 노동자들의 셔츠 색을 본다. 버려진 무스탕의 녹슨 차체에서 그 시절의 환호와 쓸쓸함을 엿본다. 모던 컬러. 이제는 세상에 없는 지나가버린 시간. 프레드의 사진이 담고 있는 시간의 몸. 색의 시간성. 그것은 본질에 대한 본격적인 질문이다. 과연 항구성은 존재하는가. 우리가 단단한 기반이라고 확신하며 딛고 서 있는 본질에 대한 의심이 참으로 아름답게 거기 드러나 있다. 전체로서의 생은 하나의 장면으로 요약 가능하다. 그 믿음이 사진 예술의 매력이며, 그 어떤 장르보다 시적일 수 있는 이유라고 생각한다. 과연 시가 그렇다. 프레드 헤어조크가 색色을 통해 형型으로 진입했듯이, 시 또한 부분을 통해 전체로 진입한다. 은유는 수단일 뿐이다. 문자 언어라는 한정된 자산을 가지고 인간이 가지고 있는 무한한 인지 능력과 상상력을 자극해 균열의 더 안쪽으로 더러는 더 바깥쪽으로 나아가는 일. 그래서 나에게 프레드 헤어조크의 작업은 색을 가진 시처럼 '읽혔'다. 생전 처음 경험해 보는 일이었으며(총 천연색 시라니!), 아름다움에 따른 감동과 첫 경험이 불러오는 경이에 사로잡혀 며칠을 보낸 것은 이상할 것이 하나도 없었다.

근래 카메라를 들 때마다 프레드 헤어조크의 사진들이 생각나는 것은 당연하거니와 시를 써야 할 때에도 나는 그의 사진이, 한정 없어 보이나 결국 스러지고 말 모든 것들의 쓸쓸함이 떠오르곤 한다. 저녁놀 속의 사람들, 비에 젖은 네온사인 아래 자동차들 그리고 거기 흔적처럼 남아 있는 생. 그러면 나는 그만 초라해져서 꺼내려던 카메라를 도로 집어넣듯 시 쓰기를 포기하기도 하는 것이다.

아홉 장의 밤

밤을 대할 때 나는 어려진다. 혼자 침대에 누워 있다. 밤이 무서워서, 눈을 뜨면 어두운 천장의 무늬. 눈을 감으면 들리는 누군가의 속삭임. 어린 시절의 나는 참지 못한다. 가만히 이불을 걷고 바닥에 맨발을 내디딘다. 차가워, 가만히 기다린다. 맨발의 온도와 식어버린 바닥의 온도가 곧 같아질 것이다. 주위에는 낮의 사물들이 남겨놓은 밤의 부푼 그림자. 조용하다. 크고 작은 책이 담긴 책장도 책상 위 어지럽게 펼쳐진 여러 사물들도 조용하다. 검지를 펼쳐 입에 대고 쉿, 누가 그런 것처럼. 마침내 침대 밖에 우뚝 서면 잃었던 균형이 찾아와 기우뚱 몸이 기울지. 기억나니. 아직 밤이야. 저만치 물러나는 잠-꿈. 그들은 몸을 웅크리고 나를 보고 있다. 내가 다시 침대에 누울 때까지. 나는 베란다로 간다. 엄마와 아빠가 깨지 않게. 깨금발을 하고 가만히 베란다의 문을 열면 거긴 또 다른 차가움이 있다. 커다란 창밖은 어둠. 사람도 나무도 새도 방아깨비도 나비도 철조망도 바람 빠진 축구공도 버려진 실내화 한 짝도 모두 잠들어 있다. 몇 마리 개들이 아직 잠들지 못하고 짖는다. 쉿. 세상의 기운은 나지막한 공중 위에 떠 무리를 짓고 있다. 몇 시간 뒤 해가 뜨면 천천히 내려앉을 것이다. 그때엔 사람도 나무도 새도 방아깨비나 나비도 철조망과 그 너머 버려진 온갖 것들도 깨어날 것이다. 지금은 어둠. 어둠을 이기려는 나트륨 등 몇 개. 밤은, 아직 잠들지 못한 것들의 세계. 나는 창에 이마를 대고 움직임이 없는 밤을 보고 있다. 마음이 간지러워. 그게 뭔지 아니. 명치 부근이 살곰살곰한 거야. 그것은 살아 있는 기분 그런 설렘, 그런 걱정,

그런 만끽. 아무에게나 허락된 일이 아니지. 지금
자고 있는 엄마나 아빠나 동생에게는 불가능한 자
정 이후의 풍경에 대고 나는 왕이다. 하마터면 그
렇게 말할 뻔했지. 나는 높은 아파트, 높은 층의 베
란다에서 세상을 내려다보며, 산 너머 저쪽에 대
해서는 조금도 알지 못한 채 시야로부터 비롯되는
권력을 이해한다. 간질간질, 살곰살곰. 그런 밤에.
그때는 몰랐고 지금은 알고 있는 사실.

기다린다 알아주기를 당신이.
기다린다 알아주기를 당신이.

미묘한 순서로 완성한 문장을 지금의 내가
되뇐다. 지금의 밤이다. 지금의 나는 침대에 누워
천장을 보고 있다. 눈을 감으면 이제는 아무도 속
삭이지 않는다. 나는 밤이 무섭지 않다. 다른 의미
로 밤은 여전히 무섭지만 정확히는 물러난 잠과
꿈이 좀처럼 이리로 다가오지 않는다는 사실 때문
에 무섭다. 이불을 걷고 맨발을 바닥에 댄다. 식은

바닥 온도. 낮의 사물들이 남겨둔 부푼 밤의 그림자. 조용하다 여전히. 나는 누가 깰 걱정 없이 베란다가 아닌 서재로 간다. 노트북 덮개를 연다. 그 어린 시절 왕이었던 기분은 간곳없다. 이제는 되찾을 수 없겠지. 조금 슬퍼진 채 모니터 화면을 창문 삼아 이곳저곳을 기웃거린다.

한 사람의 사진을 본다.
그는 혼자서 깊은 밤을 떠돈다.
기다리면서.
그가 무엇을 기다리는지 나는 안다.
우리는 밤의 아이.
밤 세계의 일원.
아무도 깨지 않길 바라면서
우리끼리 비밀을 만들면서

기다린다. 알아주기를 당신이.
모니터 화면에 떠오른 이미지들.
견디지 못하고 떠돌기를 선택하며 카메라를

쥔 손.

이것, 아홉 장의 사진+은 밤의 기록이다.

나는 마음의 간지러움을 느낀다.

그것은 살곰살곰 찾아온다.

뒤뜰

그런 곳엔 필히 관리인만이 이용하는 좁은 길이 있고 그 길을 포장하고 있는 보도블록에는 잡초가 자란다. 그 위로 납작 엎드린 그림자. 그것들은 흔들린다. 밤의 무게에 의해. 밤의 무게는 시시때때로 달라지며 어떤 것은 인위의 빛에 젖는다. 번진다. 관리인의 꿈이다.

볼록거울

조용하다. 몸을 숨기고 있기 때문이다. 모든 것이. 들키지 않으려고. 한 방울의 의지. 그것이 죽음과 잠의 다른 점이다. 밤은, 맺힌다. 둥그런 거울

+ 네이버카페 '라이카클럽'의 회원 '그루누이'의 사진이다. 그루누이의 사진은 인스타그램 계정(@lheesun22)에서 볼 수 있다.

은 그것의 상징이다. 낮의 거울은 모든 존재를 담는다. 모든 존재에 닿는다. 그것의 테두리는 무한히 확장된다. 거기가 세계의 끝이다. 밤의 거울은 눈을 감는다. 낮 동안의 일들을 기억하듯이. 거기한 사람이 어려 있다. 깨어 있는 사택 단지의 잠들지 못하는 단 한 사람.

파이프

또 밤에. 사물은 쓰임을 잊는다. 존재로 존재한다. 쓰임을 잊은 사물은 아름답다. 머트$^{R.\ Mutt}$ 씨의 소변기는 더럽지 않지. 더러운 것은 소용^{所用}이다. 파이프가 내부에 감추어놓은 폐수처럼. 스테인리스 파이프는 녹이 슬지 않는다. 그것들이 이루어놓은 빛의 열주. 그리고 상상할 것. 열린 렌즈 속으로 분쇄되어 밀려드는 이미지. 독일인들은 그것을 un-schärfe-verlauf이라고 부른다. 'schärfe-날카로운 것'. 'verlauf-경과'. 모든 생생함은 결국 길을 잃는다. 마침내, 의도치 않게, 드러나고만, 본질과 비슷한 것.

가드레일

해체의 뉘앙스는 가드레일의 견고함에도 적용된다. 아무도 다니지 않는, 몸을 감춘 시간에 반쯤 열린 철책. 안팎의 경계는 의미가 없어지고 흐릿해진 것은 무용해지고 아름답다. 열린 틈으로 드나드는 것이 있다. 사람은 아니고, 동식물도 아니고. 그것은 밤이다. 밤의 몸을 숨긴 이미지이다.

횡단보도

밤에는 빛이 길을 건넌다. 건너다 이쪽을 돌아본다.

웅덩이

집 한 채가 품은 한 가계의 내력이 거기 떠 있다. 숨을 죽인 침묵 속에서 시간을 미루고 미루며 유예하면서. 반사된 상은 완전히 같고 완전히 다르다. 사진은 '본의 아니게' 같음과 다름을 구별한다. 진짜와 가짜. 사진은 우리가 들여다볼 수 있도록 몸을 허락한다. 진짜는 시간 속에 있고 가짜는 시간과 무관하다. 그 옆에 나무가 자라고 있다. 나머지는 그저 컴컴하다. 거기에도 아직 잠들지 아니한 사람이 있다. 그는 보이지 않는다. 몸을 감추었다.

농구장

농구장은 간밤에도 비어 있었다. 오로지 육체만이 그곳을 차지하기 때문에 농구장은 비어 있을 수 있다. 비어 있음. 속으로 공이 튀는 소리를 듣는다. 미끄러운 땀내를 맡는다. 무엇이든 채우려는 노력-무無. 비어 있음을 온전히 내버려두는 것. 지켜보는 일. 지켜본다. 사진은 안으로 초대하지 않는다. 밀어낸다. 밀려난 나는 안도한다. 어쩌지 못하는 비어 있음 앞에서.

벤치

굽은 나무와 비어 있는 2인용 벤치. 의자는 앉아 있는 사람과 유사하다. 유사하므로-같지 않으므로 그것은 계속 앉아 있을 수 있다. 반복은 관념을 만들어낸다. 굽은 나무와 비어 있는 2인용 벤치는 관념이다. 밤은 관념을 완성한다. 곧 아침이 오고, 관념으로서의 벤치는 해체될 것이다.

빛

초점이 어긋나 있다. 둥근 빛망울이 맺혀 있다. 잠들려는 사람의 눈이다. 졸린 눈은 액체가 되어 고인다. 고인 시선은 꿈이 된다. 굿나잇. 잠들려는 모든 존재는 축복 아래 있다. 생활이 포커스 아웃된 상태에서.

나는 어떤 노래를 그리워한다. 귀를 기울여 들려오는 노래를 들으며 생각에 잠긴다. 쉿. 하지만 너무 작은 흥얼거림. 그 노래는 나 이외에 아무도 듣지 못한다. 나는 꽤나 오래전으로부터 여기에 와 있다. 창문에 이마를 대고 무엇 하나 변하는 것 없는 창밖 풍경, 이따금 개나 짖는 밤의 세계로부터 결국은. 어지러워. 나는 작게 속삭인다. 괜찮아. 너는. 미래가 속삭인다. 나는 가만히 노트북을 덮는다. 이 시간을 고스란히 기록하고 싶다는 욕망을 견디면서. 걱정하지 마. 문장들은 너를 잊지 않을 거야. 나는 펴든 검지를 입술에 붙인 채 가만히 고개를 끄덕인다. 침대로 가 이불을 덮는다. 소리 없이 잠과 꿈이 나의 맨발과 이마를 어루만진다. 내일이 온다. 지금부터로의 내일. 잠든 사이. 간지러움은 살곰살곰 사라지고 창밖이 부옇게 밝아오는데. 기다린다 알아주기를. 당신이.

전 이야기

여동생의 남편 '전'은 나와는 전혀 다른 사람이다. 어느 것 하나 닮은 부분이 없다. 그와 내가 다른 기회로 만났다면 친구가 될 수 있었을까. 아마 아니었을 것이다. 하지만 우리는 가족이 되었고 나와 전은 목성과 금성처럼 하나의 질서 아래서 각자의 자리를 지키고 있다. 목성은 시를 쓰고 금성은 자동차를 연구한다. 목성은 예민하고 까칠하며 금성은 직관적이고 호기심이 많다.

전이 동생과 결혼하기 전에는 친목을 위해 한두 번 어울려본 적도 있었다. 가망 없는 노력임을 어렵지 않게 깨달았다. 동생과 그가 결혼을 한 뒤 이제 우리는 따로 만나지 않거니와 한자리에 있어도 딱히 대화 같은 것을 나누지 않는다. 그래도 불편할 것이 없으니 이상적이다,라고 나는 생각하고 있다. 전이 어떻게 생각하는지는 알 수 없다. 굳이 물어볼 필요가 있을까. 애써 맞춰놓은 균형을 흩트려놓는 어리석은 짓이 될 수도 있는데. 목성이 금성을 만난다 해서 좋을 게 있을 리가. 지구 사람들이 평온할 수 있게 멀리서 각자 열심히 반짝이고 있으면 된다.

전은 '가족'이라는 개념을 나보다 분명하게 이해하고 있는 것처럼 보인다. 그는 내 동생의 남편으로서, 내 조카들의 아빠로서, 내 어머니의 사위로서 자신의 역할을 성실하고 착실하게 수행하고 있다. 나는 전이 그런 사람이라서 좋다. 나로 말할 것 같으면 더없이 무책임하고 개인적인 사람이자, '어쩔 수 없는' 가족의 일원이기 때문에 자주 전과 비교 대상이 되곤 한다. 이따금 어머니는 내게 사위 자랑을 하곤 하는데, 거기에는 내 불효에 대한 책망이 없지 않다는 것을 알고 있다. 하지만, 누구든 빈자리를 채워놓으면 된다고 믿는 나는 그저 안심할 뿐이다. 억지스럽지만, 어머니가 전과 같은 착실한 사위를 얻게 된 것은 나 같은 아들이 있기 때문일지도 모른다.

전이 가족을 사랑하는 방식 중 하나는 사진 찍는 일이다. 가족 모임이 있을 때 전은 항상 카메라를 꺼내 든다. 조카들이 지금보다 어렸을 적에는 가능한 모든 순간에 셔터 버튼을 눌러댔다. 나는 물을 마시러 가는 척 주방으로 가서 동생에게 말했다. 거의 일 분 단위로 기록하는데. 동생은 고개를 저었다. 사진을 보관할 하드디스크가 부족할 지경이야. 분명 내 동생과 전의 아이들은 과거 어떤 날을 기억해내기 위해 애를 쓰지 않아도 될 것이다. 컴퓨터를 켜고 하드디스크 속 폴더를 열어보기만 하면 되니까. 물론 카메라의 셔터 박스에도 수명이라는 게 있고, 아이들이 자랄수록 전의 열정도 사그라들 테니까, 라고 생각했지만, 나의 예상은 보기에도 아름다운 곡선을 그으며 빗나가고 말았다. 그는 때마다 카메라를 교체해가며 셔터 버튼을 눌러대고 있다. 아니 이럴 수가 있나. 싶을 정도로.

전과 함께 지하철을 탄 적이 있다. 한두 정거장 어색한 시간이 흘렀다. 무언가 떠올랐는지 전은 자신의 스마트폰을 꺼냈다. 며칠 전 여러 가족과 캠핑에 다녀왔는데 말이죠. 하면서 그는 핸드폰 속 앨범을 열어 보여주었다. 나로선 일면식도 없는 사람들이 동생 가족과 함께 사진들에 담겨 있었는데 아무리 넘겨도 끝이 나질 않았다. 그러는 동안 전은 내게 한 장 한 장의 내용을 설명해주는 거였다. 이 사람은 정말 재미있는 사람입니다. 모두가 한눈을 파는 사이 아이가 넘어져서 깜짝 놀랐죠. 이때는……. 나는 최선을 다해 흥미를 느끼는 척했지만, 그 사진들은 말 그대로 '타인(만)의 의미' 아닌가. 솔직히 하품을 참는 것이 내가 할 수 있는 최선이었다. 아마 전 또한 나의 기색을 알아챘을 테지만, 헤어질 때까지 즐거웠던 캠핑의 추억을 소개하기를 그치지 않았다. 아주 짧은 사이에 있었던 일이지만 그때의 기억을 자주 떠올리곤 한다. 이미지와 이미지가 가진 환기력에 대해 그것이 가지고 있는 서사와 서사를 잇는 사람의 감정에 대해. 기억을 보완하고 대신하는 이미지의 역할과 쓸모에 대해.

전은 여전하다. 명절마다, 기념일마다 단체 사진을 찍는다. 자자. 여기 모여보세요. 하면 우당탕탕 일종의 소란이 일어난다. 자기야. 왼쪽으로 더 가봐. 어머니 여기를 보세요. 아니 거기 말고. 등등 카메라가 발명된 이래 한 번도 그치지 않는 바로 그 소란이다. 나는 단체 사진에 그리 협조적인 사람이 아니다. 세상에는 사진에 남기를 원치 않는 사람도 있다는 사실을 전에게 설명해주고 싶다. 이해를 해줄 리 없기 때문에 잠자코 그의 지시를 따른다. 그렇게 찍은 사진을 그는 꼭 보내준다. 거기에는 한들거리는 가을 억새풀 사이 꽂혀 있는 괭이자루 같은 내가 있다. 훗날 내 조카들은 괭이자루 같은 나를 보면서 무슨 생각을 할까. 삼촌은 사진 찍히기를 참 싫어했지. 웃음. 정도로 끝나기를.

어머니 일흔 번째 생일을 기념하는 식사 자리에도 전은 카메라와 삼각대를 챙겨왔다. 나는 한

숨을 쉬었다. 비록 별도의 객실 안이긴 했지만, 식당에서의 소란이 내키지 않았다. 조용히 생일을 축하하고 덕담을 나누고, 조금 예민한 화제를 꺼내 점잖게 서로를 찔러대다가 웃으며 헤어지는 자리를 나는 '늘' 원한다. 그런 그림에 카메라는 거의 필요 없는 물건이 아닌가. 물론 내 가방에도 카메라가 있다. 나는 어딜 가나 카메라만큼은 꼭 챙긴다. 그 자리에서도 카메라를 꺼낼 수 있었을 것이다. 아무도 눈치채지 못하게 몇 장 찍고 도로 가방에 넣고 말겠지. 내게 카메라는 그런 것이다. 역시 한바탕 소란이 일었고 나는 그 소란의 일부에 참여하고 일부는 거절했다. 아무튼 소란한 자리였고 모두가 만족한 채 헤어져서 집으로 돌아오는 길에 나는,

전의 카메라와 나의 카메라를 생각했다. 사진을 대하는 목성과 금성의 상이한 태도에 대해서도. 당연히 옳고 그름 따위는 없다. 차이만 있을 뿐이다. 빛으로 가득한 그의 세계와 그럼에도 기어이 어둠을 찾아보고 마는 나의 세계의 극명한 간격 말이다. 고작 백 년도 살지 못하는 짧은 인간의 삶

에서 발견해야 하는 의미에 대한 입장 차는 아마 그와 내가 매부와 형님 사이를 유지하는 한 결코 좁혀지지 않을 것이다. 모든 것이 아득한 밤의 버스 창문에 머리를 기댄 채로 문득, 웃음과 즐거움으로 가득한 세계에 대한 동경이 내게 있다는 사실을 깨달았다. 그마저 없다면 사람의 삶은 얼마나 암울할 것인가. 그리하여 우리는 기억마저 희미한 옛 사진에서 애틋함을 느끼곤 하지 않는가. 삶이 순간에 그치지 않고 이어지고 있다는 확신을 얻지 않던가. 자연히, 어머니 집에 있는 앨범들을 떠올렸다. 그 '곳'에는 기억할 만한 시간이, 차라리 기억이 되어버린 시간이 한 장 한 장 꽂혀 있지. 울고 있거나 웃고 있거나 찡그리고 있거나 무표정하거나 어쨌든 내가 그치지 않고 살았다는 것을 입증하는 증거들이다.

물론 전이 그런 깊은 생각으로 사진을 찍어내고 있는 것은 아니리라 생각한다. 그냥 그러는 게 좋고 그래야 한다고 믿고 있겠지. 늦은 밤 그가 자신의 컴퓨터 앞에 앉아 폴더를 만들고 날짜를 적고 찍은 사진들을 옮기고 있는 장면을 상상해보았다. 전은 잊고 싶지 않은 것이다. 결국은 잊고 말지라도 잊지 않으려는 노력은 소중하다. 그런 면에서 전이 나보다 훌륭한 사람임에는 틀림이 없다. 그가 사진을 찍자고 할 때 기꺼이 호응했어야 했다는 후회가 가만히 밀려왔다. 물론 다음이 되면 까맣게 잊고 나는 사진 찍히기를 거부하겠지만. 그런 나를 전이 포기하지 않았으면 좋겠다. 형님. 이리 오세요. 하고 나를 불렀으면 좋겠다. 그럼 내가 마지못해 또 한쪽에, 괭이자루 같은 포즈로라도 섰으면 좋겠다. 가방에서 카메라를 꺼내어, 내가 찍은 이미지를 확인해보았다. 세상을 바라보는 방식은 바뀌지 않을 것이다. 목성은 목성이니까. 불현듯 전이 내 시를 읽은 적이 있을까. 읽으면서 그는 무슨 생각을 했을까 궁금해졌다. 다음에 만나면 물어봐야지. 영 이해가 어렵다고 한다면, 언젠가 그가 지하철에서 내게 했던 것처럼 한 편 한 편 설명을 해주어도 좋을 일이다.

사진 버리기

책상 서랍 맨 아래 칸에서 한 뭉텅이 사진을 발견했을 때 나는 버려야겠다고 생각했다. 물론 모두 나와 묶여 있는 사진들이다. 차근차근 살핀다. 맨 앞의 사진은 맨 뒤로 넘어간다. 와인딩 되는 카메라 속 필름처럼 사진에 기록된 기억들을 시간의 뒤춤으로 보내며 우리는 사진을 본다. 나는 책상 서랍 맨 아래 칸에서 발견한 한 뭉텅이 사진을 확인했다. 아주 오래 공들여서.

가장 오래된 사진은 고등학생 때의 나와 내 친구들을 담고 있다. 그 시절 나는 사진 담당이었다. 어딜 가든 카메라가 필요할 적에는 내가 챙겼다. 찍은 사진을 사람 수대로 인화해서 전하는 일을 좋아했기 때문이다. 어딘가에서 그 사진들을 두고 대화가 있을지도 모를 일이다. 누가 찍은 거야, 하고 물으면 몰라. 하고 대답하겠지. 무명 촬영자의 숙명이다. 그의 존재는 망각 속으로 사라진다. 혹은 사진의 근처 추측의 영역을 모호하게 떠돈다.

여행 사진들. 대학생이던 시절 깡마른 내가 있다. 독일에서 프랑스에서 영국에서 튀르키예와 그리스에서 일본에서의 나는 잘못 설치된 이정표처럼 보인다. 혼자 떠난 여행이었고 사진 속에서도 나는 혼자였다. 대개는 대체 어딘지 알 수 없었고 앞뒤가 단절된 기억들이었으므로, 나는 어쩌다 '이렇게' 되었는지, 그다음은 어떻게 되었는지 고민해본다. 이따금 분명히 기억하는 장면들도 있었다. 나는 그것이 지금 나에게 어떤 의미인지 알 수 없었다. 지나가버렸고 돌아오지 않는 것들.

취미가 되기 시작한 후의 사진들은 난해하다. 버려진 사물들, 이제 더는 만나지 않게 된 사람들. 포착에 실패한 매혹의 잔존들. 한때 완전하고 온전하다고 믿었던 순간들은 손에 쥔 모래처럼 **빠**져나갔고 고작 남은 것은 종이 위에 맺힌 흔적뿐이니 사진이란, 얼마나 허망하고, 쓸모없고 지난한 노력인가. 어느 순간 나는 사진 찍는 일에 흥미를 잃어버렸다.

나는 이 사진들을, 내가 지나쳐온 나의 시간을 기꺼이 버릴 수 있다고 믿었다. '지나가버렸고 돌아오지 않는 것들'을 되찾으려 하지 않을 테다. 시간은 넘치도록 많았고 그것은 온전히 나의 소유였다. 그러니 이 사진들은 나의 처분을 따를 것이었다. 족히 수백 장은 될 사진들 이 세계에서 유실된다고 해서 아쉬워할 사람은 없을 게 분명했다. 이 사진들의 존재를 아는 사람은 나뿐이므로 미련 없이 쓰레기봉투 속에 사진들을 던져 넣었다. 함께 있던 필름들을 두고는 잠시 망설였지만, 역시 함께 버렸다.

밤이 깊었고 책상 위에는 정리해야 할 것들이 쌓여 있었다. 책상 스탠드 불빛은 책들의 귀퉁이를 하얗게 적시고 환기를 위해 반쯤 열어놓은 창문에는 조각달이 맺혀 있었다. 건너편 고속도로를 질주하는 차량의 소리가 간간이 들려왔다. 나는 침대에 걸터앉아 있었고 사진을 버린 뒤에 무엇을 더 해야 할지 모르고 있었다.

    그랬다. 나는 그날 밤을 기억하고 있다. 선명하게. 일종의 벌일지도 모른다. 수백 장 사진들이 내게 내린 벌. 되돌이킬 수 없는 짓에 대한 대가. 한 뭉텅이 사진과 함께 버려진, 낮을 잃어버린 밤 혹은 밤을 잊어버린 낮. 나는 내 그림자를, 그것이 전체는 아닐지라도, 잃어버린 것이었고 내 손으로 그렇게 했다. 사진. 내 카메라들로 찍어낸 이미지들은 내 것이 아니었다. 시간의 것도 아니었다. '순간'이라는 관념에 내포되어 있는 것들, 운명-사랑-가치-형식-내용의 명령이었다. 애초에 나에게는 아무런 권리가 없었던 것이다. 사진은, 피사체로부터 촬영자로부터 그사이 카메라로부터, 필름과 인화물, 이미지 센서와 이미지 파일로부터 떨어져 나와 하나의 구조를 구축한다는 사실을 이제 나는 안다.

다시 밤이 깊었다. 책상 위에는 한가득 정리할 것들이 쌓여 있다. 책상 스탠드 불빛은 여전히 책들의 귀퉁이를 하얗게 적시고 있다. 이것은 다른 시간이다. 환기를 위해 반쯤 열어놓은 창문에는 느슨한 가로등 불빛이 맺혀 있고 아무 소리도 들리지 않는다. 이 방에는 침대가 없다. 그러나 나는 예전의 그 방과 그때의 시간에 사로잡혀 있다.

T3 이야기

나의 작은 T3. 세 번이나 구입한 사연 많은 카메라. 맨 처음 것은 돈이 없어 팔았고, 잊지 못해 다시 산 두 번째 것은 잃어버렸다. 덕분에 지금 가지고 있는 세 번째 T3는 신줏단지라도 되는 듯 애지중지하고 있다. 방금도 나는 화들짝 놀라 가방 속에 손을 넣어 뒤적여보았고 무사함을 확인하고서야 안심한다. 하루에도 몇 번씩 반복해 확인한다. 이제는 쉽게 구할 수 없는 카메라가 되었고 두 번째 T3의 분실이 무척 마음 힘든 경험이었던 까닭이다.

같은 카메라를 세 번이나 구매하다니 병중이 아닌가. 필름을 넣어야 하며 현상과 인화, 스캔의 과정을 거쳐야지만 결과물을 확인할 수 있는 구식 고물이 아닐 수 없는 이 카메라에 대한 애정은 실상 집착에 가깝다. 그렇다 하여 내가 나의 T3를 박제의 형식으로 소유하고 있다고 생각하면 곤란하다. 나의 T3는 카메라로 본연의 역할을 충실하게 수행하고 있으며, 뿐만 아니라 촬영에 있어 특별한 임무를 도맡고 있기 때문이다.

까만 파우치에서 꺼내는 가로 150mm, 세로 65mm 샴페인골드 색 카메라, 나의 T3. 이것은, 요컨대 시적이다. 그 때문에 나는 이 카메라를 세 번이나 구매했으며 다른 카메라와 차별되는 특별한 역할을 부여한다. T3의 시적인 부분은 응당 기능적인 측면에 있다. 이 '기능'은 이 카메라가 설계될 당시에 전혀 계획되어 있지 않은 것이 분명하다. 시간이 갖는 의미와 단위의 변화 문제와 결속되어 있기 때문이다. 이 '기능'을 특정 단어로 명기되는 것은 불가능한데, 전개의 편의상 필요하므로 고심

끝에 나는 '엇박자 기능'이라 적기로 한다.

엇박자 기능은 특정 버튼을 눌러 작동시킬 수 있는 것이 아니다. 나의 의도가 반영되는 것은 더구나 아니다. 그냥 그렇게 되도록 되어 있'었'다. 어떤 것을 발견하고 찍어야겠다고 생각하는 순간, 엇박자 기능은 작동을 시작한다. 엇박자로 느리게. 그러니까, 느리다. 느려서 이 카메라는 찍어야 하는 타이밍을 놓치고 만다. 그것도 아주 절묘하게. 다이얼을 돌려 전원을 켜면 감춰져 있던 렌즈가 돌출되고 촬영 준비를 마치기까지 걸리는 시간은 나를 '결정적 순간The Decisive Moment'의 다음 장면 앞에 놓아둔다. 이미 어떤 일은 벌어졌다. 내 손의 T3는 그다음의 일을 촬영한다.

노트북에 있는 T3 폴더를 확인해보면 찍은 이유를 알 수 없는 사진으로 가득하다. 물론 촬영자인 나는 이 사진들의 비밀을 알고 있다. *file no. T300782:* 외투를 입고 한 손은 주머니에 다른 한 손은 주머니 근처에 버려둔 사내의 뒷모습. 그는 외투 속에 자신의 애인을 품고 있었다. 내가 촬영을 하려 했을 즈음 그의 애인은 버스에 올라탔다. 모든 순간은 지나버린 다음이지만, 보라. 이 뒷모습을. 그것은 천천히, 타인의 온기를 잃어가고 있다. 홀가분한 동시에 쓸쓸하게. 가늘게 눈 떠보면, 드디어 혼자가 되어가는 존재의 스펙트럼을 볼 수 있지 않은가. 그리고 막 떠나가는 버스에는 그의 온기를 간직하고 있는 누군가가 타고 있겠지. *file no. T300527:* 사진은 개나리 더미를 두고 침묵하고 있다. 그때, 갑작스런 돌개바람이 불었지. 낭창한 가지들을 흔들고 있었고 몇몇 노란 꽃은 빙그르르 돌며 떨어졌다. 이윽고 봄이 가고 여름이 오려는 중이다. 가지와 구별되지 않는 그늘. 얇은 그늘. 흔들려 번지는 시절. 나의 *T3*가 담은, 바람은 간곳없이 사라진 뒤 남은 개나리 더미, 그저 평범한 봄에는 이와 같은 비밀이 숨겨져 있다. 나는 모든 사진의 맥락을 외우듯 이해하고 있다. 이 사진들은 단서다. 영영 망실되었다고 믿게 되는 세계의 한 공식이 드러난다.

　카메라와 관련된 모든 일은 카메라가 내포하

고 있는, 작동의 원리에 의해 마련된 별도의 시간에 의해 주어진다. 마치 시계의 바늘을 제 시각에 맞춰놓듯 그 옛날, 카메라가 작동될 시대 속도에 걸맞게 조정된, 그러니까 이제는 사라져버린 20년도 전의 타이밍.

옛날 사람들은 더 오래 서로를 부둥켜안고 있었을 것이며, 옛날 사진가들은 개나리 가지 앞에서 바람을 기다리며 시간을 보낼 줄 알았을 것이다. 더 빠를 수도 없고 빨라질 수도 없는 철 지난 적당함이 '이제'에 돌입하여서는 엇박자가 된다. 세계는 급해졌으며, 그때의 카메라는 시시각각 느려지고 있다. 그리하여, T3의 셔터 버튼을 누를 때마다 나는 그때와 지금의 시차를 의식한다. 여태 필름 카메라를 쓰는 내가 어느 편에 서고 싶은지 더 적을 필요가 있을까. 이 작은 카메라의 사용은 무뎌진 심장을 움찔거리게 만든다.

이따금 시를 쓸 때 나는 손에 T3를 쥔 기분에 사로잡힌다. 시인은 경험에서 태어나 경험 바깥에 서려는 사람이다. 시인의 의지 앞에서 시간은 휘어지고 맥락은 해체된다. 그에게 남은 언어는, 그의 손을 거쳐 비밀을, 쉽사리 알아챌 수 없는 은밀함을 간직한다. 누군가 자신을 읽어주려 할 때 한껏 몸을 열어줄 준비를 하면서. 열쇠는 시간이 가지고 있다. 시의 시간에 자신의 시간을 일치시켜 볼 때 망가진 초침의 움직임처럼 엇박자의 기묘한 리듬이 시작된다. 확장되기 시작한다. 무한히. 아득하게. 한 편의 시가, 한 장의 사진처럼 침묵하기 시작한다.

지금 나는 가방 안에 손을 넣고 나의 작은 카메라를 찾아보는 것이다. 다시 한번 거기엔 나의 조그마하고 오래된 카메라가 틀림없이 들어 있다. 때로 꺼내 전원 다이얼을 돌려보기도 한다. 그러면 카메라는 앞서가는 이의 이름을 불러 그가 돌아볼 만큼의 시간이 지나고 나서 비로소 사진을 담아낼 준비를 마친다. 그러면 나는 안도한다. 아직 카메라를 잃어버리지 않았다는 사실을 확인해주며 그러므로 여전히 엇박자적 사진을 찍을 가능성과 내가 시를 쓸 수 있다는 기대를 암시해주기 때문이다. 다시 파우치에 담긴 카메라를 잃어버릴 수 없을 만큼 깊숙한 곳에 집어넣는다. 어떤 일이 생길 때까지 기다리는 마음으로.

흔들린 사진

　　옛 직장 동료들을 만나 늦게까지 술을 마셨다. 마주 보는 사이에는 쌓이는 것이 있다. 대화로, 눈짓이나 손짓처럼 자그마한 기척들로. 동질감과 애틋함이 어려 있는, 감정이기도 하고 서사이기도 한 그것들은 한편 쉽게 무너지기도 한다. 쌓이고 무너지고 쌓고 무너뜨리기를 반복하는 동안 밤이 깊었다. 그만 일어나자. 그래, 일어나자. 예전과 달리 서로를 재촉하며 자리를 파하려 할 적에 누구도 군말하지 않은 것은 제법 섭섭하기도 해서 나는 그들이 탄 택시가 멀어져 시야에서 완전히 사라질 때까지 손 흔들기를 그치지 않았다.

　　그러다, 내 깊은 곳에서 커다란 공허함이 하나 발견되었다는 사실을 깨달았다. 그러나 그런 것은 이미 많다. 나는 놀라지 않았고 가까이 가보거나 자세히 살펴볼 필요가 없다는 것도 이제는 안다. 다만 어쩔 수 없이 서러웠고, 그래서 조금 걷기로 했다.

　　거리는 젊은 취객들로 가득했다. 너무 흔한 일이지만, 기억하고 싶었으므로 카메라를 꺼냈다. 당장은 쓸모도 의미도 없으나, 훗날 1분 1초가 아쉬워 애가 탈 청춘의 시간들이 셔터 소리에 맞게 차곡차곡 기록되어가는 중간쯤 택시를 타는 아이들을 보았다. 조금 늦었고 조금 서둘렀고 결국 흔들린 이미지가 남았다. 셔터 버튼을 누를 적에 알았다.

　　흔들린 것은 카메라이지만, 흔들리는 것은 대상이다. 비문인데 비문이 아닌 표현이 있다. 표현이 현상을 맴돌 뿐 극복하지 못할 때의 문장이 그러하다. 그러니 다시 고집해보자. 흔들린 것은 카메라이지만, 흔들리는 것은 대상이다. 제자리를 찾지 못한 파인더 안쪽 깊숙한 어디, 흔들린 필름 면이나 이미지 센서 위에서 흔들리는 너머. 흔들리는 아이 둘, 흔들리는 택시 한 대. 그리고 늦은 밤.

사진은 사진을 보는 이가 무엇을 찍었는지 알아볼 수 있도록 말끔해야 한다. 거기 있었다는 사실을 증거하기 위해 정확해야 한다. 흔들린 사진은 결과적으로 실패다. 흔들린 이미지는 버려진다. 잊힌다. 그러나 나는 그럴 수 없다. 나는 흔들려 찍힌 대상이 '춤을 추는구나' 생각한다. 감히 어떤 춤을 버릴 수가 있겠어. 사실 춤을 추는 것은 내 손이다. 운명적이라 믿는 장면 앞에서 흥분한 손의 떨림. 그리하여 나는 다시 그날 밤의 사진을 본다. 거기 내 손을 떨리게 만든 무언가가 있다는 뜻이니까.

아무리 살펴보아도 나를 흥분시켰음직한 대상은 보이지 않는다. 밤이 깊었다는 것과 택시에 올라타려는 아이와 택시 뒤꽁무니에 붙은 번호판을 확인하려는 아이, 둘의 옷이 같아서 두 사람이 한 사람으로 보이기도 한다는 사실을 제외한다면 어디에서나 볼 수 있을 법한 장면이다. 나는 그 밤 내가 발견했던 의외성과 의미 찾기를 포기한다.

포기하였다기보다는, 다른 것에 사로잡힌다. 그 사로잡힘의 순간은 사진을 확대했을 때 찾아왔다. 트랙패드 위에 엄지와 중지를 대고 벌렸을 때 드러난 윤곽. 양옆 위아래 앞뒤로 흔들린 흔적은 거기 고스란히 남아 있었다. 그 순간 나는 평면의 이미지 위에 뜻밖의 1/15초가 자신의 몸을 고정시키고 있는 것을 보게 되었다.

고정이야말로 착시이며 고정되었다는 것이야말로 착각이라는 듯 아이러니하게도 나(카메라)의 흔들림과 완전히 일치한 초점이 있으니, 그것은 택시에 막 올라타려는 아이의 뒤통수였다. 피식 웃음이 새어 나왔다. 택시가 서고 택시에 타고 택시의 번호판을 확인하고 취한 채 카메라를 들어 포커스를 맞추려는, 각자의 리듬 중 1/15초로 정확히 맞아떨어진 누군가의 뒤통수 이미지. 나는 나의 카메라를 쥔 손의 의도가 나의 의도와는 전혀 무관하게 작동하여 고정되어 있지 않은 한밤의 헐거움을 잡아내려 했던 것이 아닐까 하는 괴상한 상상도 해보게 되는 것이었다.

　　나는 그 밤 내가 발견한 커다란 공허함이 혹
시 이런 것 아닐까 뒤늦게 따져본다. 우리가 흔들
리고 있었다는 것. 앞에 놓인 술잔 속 몇 모금 술에,
지난 시간에 대한 회고에, 앞으로 찾아오게 될 불
안정한 미래에 취해서 삐걱거리듯. 그리하여 우리
가 결국 패배하고 말 것이라는 예감을 이기지 못
한 것은 아니었던가, 하는 것이다. 그런 흔들림의
순간이 절묘하게 맞아떨어지는 마음이라는 것도
있겠지. 쓸쓸하게 헤어졌으나 그날 밤 우리 각자는
어떤 따뜻함을 주고받은 건 아니었는지.

　　결국 나는 시의 이야기 앞에 놓이게 된다. 시
쓰기라는 것은 문자로 잠시 고정해놓은 혹은 고정
해놓았다고 믿는 마음이다. 그에 드러나지 않고 숨
어 있는 거센 흔들림은 찬찬히 들여다보는 사람만
이 알아챌 수 있는 것이다. 그러다 우연인지 기적
인지 알 수 없는 일치의 순간은 여지없이 찾아온
다. 그 매력으로부터 벗어나기란 여간 어려운 것이
아니다. 다시, 흔들린 이미지를 본다. 관계된 모두

가 각자의 리듬에 맞춰 춤을 추고 있다. 취한 내가.
공허함의 두려움에 사로잡힌 내가. 나는 아무것도
극복하지 못한 채, 파인더 뒤에 숨어서 춤을 추고
있었다.

바다

― 스기모토 히로시의 사진

나는 나보다 오래된 기억을 가지고 있다. 그 기억은 아주 천천히 흘러가는, 흐르기보다는 흔들리고 흔들리다가 마침내 한 방울 뚝 떨어지는, 고이는, 멈춘 것처럼 보이는 그래서 황량한, 하지만 씨앗처럼 변화를 내재한 분명한 시간을 가지고 있다. 그 기억은 발현된다. 발현을 위해 내가 할 수 있는 일은 없다. 자그마한 씨앗이 몸을 열고, 아래로는 뿌리를 내리고 위로는 줄기를 세우는 과정을 상상하듯 지켜볼 뿐이다. 그러면, 기억은 우연이라해도 좋을 순간의 반응에 기대어 전체이자 일부를 드러내기도 한다. 그것은 형상이기도 하고 색이기도 하며 소리일 때도 있다. 그것은 은유이기도 하고 날것일 때도 있다. 그날 나는 어두운 방에서 나보다 오래된 기억을 만났고, 내가 이러한 사실을 이미 알고 있다는 것을 천천히 알게 되었다.

벌써 꽤 오래된 일이다. 평일 저녁이었다. 어떻게 미술관에 갈 수 있었을까. 커다랗고 어두운 복도를 따라 걸었다. 거추장스러운 것은 모두 로커에 넣어두었기 때문에 가벼웠다. 가볍게 나는 미술관 속으로 침잠했다. 돌멩이처럼. 저도 모르게 물 위로 던져진 돌멩이가 되어 마찰 계수를 지우며 0으로 0으로 내려앉았다. 커다란 사진들이 걸려 있었다. 나-돌멩이가 찾는 사진은 거기에 없다. 그러므로 지나친다. 나-돌멩이는 아무 사진도 찾지 않는다. 자를 대고 수직선을 긋듯 나-돌멩이는 하나의 방, 그 방의 사진들을 향해 가라앉고 있다. 물론, 지금에 와서 나는 그렇게 떠올릴 뿐이다. 귀납의 영역을 연역의 방식으로 끌어당기듯 나는 결론을 통해 과거를 추론하고 있다. 그러므로 그때의 나는 지금의 나에 의해 가라앉는다. 아래로 아래로. 그 방에 닿기 위해서. 그 방에 닿을 때까지. 그리고 마침내 어두운 방 안에 들어섰을 때, 그 방은 사각의 형태이나 정방형의 꼴은 아니었다. 방의 네 벽 중 두 벽에는 일곱 장 혹은 여덟 장의 사진이 걸려 있었다. 각각의 사진들은 동일한 크기였고 동일한 톤과 색의 조명을 받고 있었다. 모두 흑백사진이었다. 사진의 액자는 창窓이었다. 파인더였다. 눈길이었다. 어디선가 습한 바람이 불어왔다. 그로 인해 모든 것이 메말라가고 있었다. 나−돌멩이는 일렬로 늘어선 창−파인더−눈길을 통해 하나의 선과 두 개의 색을 보았다. 그 외에는 아무것도 없었는데, 그럼에도 나−돌멩이는 그 사진들이 하늘−바다라는 사실을, 그 사이 막막한 선은 수평선−끝이라는 사실을 한눈에 알아보았다. 알아보는 데에는 어떤 판단이나 추리 능력, 감각적 연상 과정도 필요하지 않았다. 그것들은 바다−하늘이었고 수평선−끝이었고, 나−돌멩이는 모든 것을 직각直覺하여 알아차릴 수 있었다.

나—돌멩이는 완전히 가라앉아 고정되었고, 움직이지 않으며, 모든 것은 수억 겹 시간의 등에 업혀 천천히 흔들리고 있다. 창—파인더—눈길로 보는 바다는 나보다 오래된 기억이었다. 나는 떠올리고 있다. 알아차림을 넘어선 바다는 방주의 창을 열고 노아가 바라본 바다다. 갈라파고스 제도의 바다코끼리가 이구아나가 다윈이 바라본 바다다. 해적들이 럼에 취해 바라본 바다이자 청춘의 내 아버지가 막막하게 바라본 바다다. 오로지 수평선만을 담고 있는 바다는 모든 바다를 끌고 왔다. 나—돌멩이는 말을 지우고 응시한다. 나—돌멩이의 해체, 이전, 가조립, 응시는 무한을 펼쳐놓는 일이다. 과거로, 과거로 갔으나 그 끝은 오지 않은 미래의 끝과 닿아 있었다. 태초와 최후는 바다와 하늘처럼 맞닿아 하나의 길고 끊이지 않는 선을 잇고 있었다. 나는 사진을 보고 있었으나, 실은 그 사진 속의 바다를 보고 있었다. 나는 그 바다를 본 적이 있다. 그것은 내 경험 너머의 경험이다. 육안 너머의 응시. 그윽한 멀미가 파도처럼 몰려와 침잠한 나—돌멩이를 굴린다.

　"바다, 마치 먼 조상의 고향을 방문한 것만 같은, 아득한 경각심을 느끼게 하는 그곳The sea, I feel a calming sense of security, as if visiting my ancestral home"+은 바로 내 안에 있었다. 나는 이 황량함, 아무것도 없음을 간직해오고 있었고 버린 적이 없다. 일체된 배터리처럼, 내재되어 있었고 그것이 나를 작동하고 있는지도 모른다. 겹겹 아득함으로부터 회상의 종료. 나는 돌멩이로부터 분리되어 떠오른다. 저 깊은 곳에서부터 천천히 떠오르면 수면. 그 위의 하늘. 젖은 바람이 나를 육지로 데려다 놓는다. 그곳은 사람 없는 미술관의 회랑이기도 하고 수많은 시집들이 차례대로 꽂혀 있는 나의 서점, 내 자리이기도 하다. 그럴 때면 거친 손을 들어 마른세수를 한다. 나−돌멩이는 어디에 있을까. 다시는 만날 수 없을까봐 더러 두렵기도 하다.

　내게는 나보다 오래된 기억이 있는데, 그 기억

+ 스기모토 히로시杉本博司 공식 홈페이지(http://www.sugimotohiroshi.com/seascape.html), ⟨Seascapes⟩ 소개 부분

은 아주 천천히 흘러가는, 흐르기보다는 흔들리고 흔들리다가 마침내 한 방울 뚝 떨어지는, 고이는, 멈춘 것처럼 보이는 그래서 황량한, 하지만 씨앗처럼 변화를 내재한 분명한 시간을 가지고 있다. 그것은 나보다 오래되었고, 나는 기억하고 있다는 사실을 잊거나 모르는 척 살아가고 있다. 다시 그 기억 위로 던져질 때까지. 그 기억의 작용은 신기하고 신비하며 지극하게 당연한 일이다. 다시 눈을 감는다. 어두운 방에서 돌멩이 하나가 아주 천천히 고여 가는 시간 속에 있다. 그것을 느낀다.

사진과 시

- 윤후에게

나이가 들어 좋은 점이 있다면, 읽었던 소설을 재독함에 있어 불편함이 없다는 것이다. 20년 전에 읽은 것이 분명한 소설임에도 나는 조금의 흥미진진함도 잃지 않을 수 있었는데, 약간에 자괴감만 제한다면 이건 꽤 절약이 될 일인걸, 싶기까지 했다. 하여간 나는 내릴 역에 가까워져서 읽던 책을 서둘러 덮었고 잠시 읽던 부분을 다시는 찾아내지 못할 것 같다는 기분이 들었으나, 그저 기분일 것이 분명했다. 채 300페이지도 되지 않으니까. 그러면서 잠시 이미지 생각을 했다. 정확히는 사진-이미지 생각이다.

　　요즘은 사진-이미지 생각에서 놓여나지 못한다. 사진-이미지를 생각하면 덩달아 담당 편집자의 얼굴도 떠오른다. 이상하게도 사진-이미지의 형식으로. 나의 담당 편집자는 꽤 유명한 시인이고, 업무 중에 뜻하지 않게 그의 사진을 만날 때가 있다. 두꺼운 뿔테 안경을 쓰고 핀 스프라이트 남방셔츠를 입은 그의 사진-이미지에서는 어떠한 위압감도 느낄 수 없을지도 모르지만, 그건 그에게 마감 압박을 받고 있지 않은 사람들에게나 해당하는 이야기이다. 내 쪽에서는 그가 곧장 사진-이미지라는 감옥을 찢고 나와 나에게 "그래서 송고 일자가 어떻게 되는 거지요?"하고 물을 것만 같아 냉큼 치우곤 한다. 하여간, 내가 생각한 사진-이미지는 담당 편집자와는 아무 관계도 없다. 그저 사진-이미지의 재독에 대해서 생각했을 뿐이다.
　　그러고 보니 사진-이미지의 반복된 읽기가 지루하고 뻔한 적은 있었던가 싶었다. 그런 적은 한 번도 없었는데 심지어 그것은 나이 탓도 아니었고 기억력 탓은 더더구나 아니었다. 완성된 이미지보다 그 이미지를 구성하고 만들어가는 행위에 더 관심을 둔다는, 앙드레 바쟁Andre Bazin의 '자동생성 la genese automatique'을 잠시 떠올리기도 했지만, 그리 멀리 갈 것도 아니었다. 사진-이미지는 언제나 어떤 것도 설명하지 않기 때문이었다. 사진은 그가 웃고 있다고 말하지 않는다. 하물며 그가 돌고래처럼 웃고 있다고 묘사하지도 않는다. 그냥 그런 그를 보여줄 뿐이다. 그러므로 우리는 사진-이미지에서 매번 다르게 그를 '발견'하게 된다. 때로는 돌고래처럼 웃고 있는 그의 얼굴을 비껴가 그가 입고 있는 옷을 보기도 하고, 거기서 어떤 색감을 보기도 하고, 그는 전혀 보지도 않고 사진을 넘기며 요즘 날씨가 참 좋군 중얼거리기도 한다. 그러니, 사진-이미지는 좀처럼 반복되지 않을 뿐만 아니라 반복해서 새로워질 뿐이다. 아무 날 저녁에 정말 할 일이 하나도 없는 신비한 저녁에 어떤 작정을 했다고 가정해보자. 그래서 오늘 저녁엔 이 사진-이미지의 모든 것을 기억해보겠어, 따위의 다짐을 했다고 해도 그 사진-이미지는 모든 것을 내어주지 않는다. 그럴 의도가 없기 때문이다. 단단히 작정한 우리는 그저, 생각해보니 그는 오소리처럼 웃고 있었군 할 뿐.

사실 이와 같은 일은 텍스트에서도 동일하게 일어난다. 사람의 눈은 글자만을 읽지 않는다. 글자가 풍기는 뉘앙스도 함께 채집한다. 뉘앙스는 적히지 않는다. 그것은 숨어 있다. 매머드를 포획하기 위해 수풀 속으로 몸을 가린 석기인들처럼. 다만 차이가 있다면 때를 정하는 것은 읽는 '우리' 자신이라는 것이다. 제정신인 매머드라면 기습의 때를 정해주지 않을 테니까. 텍스트 기재자, 여기서는 시인이 될 터인데,의 입장에서는 참으로 어처구니없는 룰이 아닐 수 없지만, 어쩔 수 없다. 세상이 공평했던 적은 아마 한 번도 없었다. 하여간 뉘앙스는 언제나 꼼지락거린다. 수풀 속에서. 영영 용기를 내지 않을 것처럼. 읽는 우리가 제정신이 아닌 매머드처럼 너그럽고 인내심 있게 기다려주어도, 스스로를 지연하곤 한다. 꽤나 골치 아픈 일이 아닐 수 없다. 그렇다고 영영 책장을 넘기지 않을 수는 없는 노릇이니까. 한편 시인의 입장에서도 곤란하긴 마찬가지이다. 나름 정확한 타이밍을 재어둔 채 숨겨놓지만 뉘앙스는 뜻대로 움직여주지 않는다. 적당한 조건에서만 뉘앙스는 작동을 시작한다. 그런 의미에서 수풀 속 석기인들은 적당한 예시가 아닐지 모른다. 언제 터질지 모를, 기폭 장치가 제거된 박물관 진열장 속 폭탄 같은 것일지도 모르겠다. 그것은 터진다. 터지기로 되어 있기 때문이다. 그런 속셈으로 오늘도 시는, 온도와 습도가 잘 유지되어 있는 안전유리 안쪽에서 째깍거리고 있다. 곧 터질 거야, 노려보면서 '있다'.

시는 '있다'. 시의 존재 유무를 말하는 것이 아니다. 시의 형식이나 형태를 말하는 것도 아니다. 굳이 따지자면 수풀 속 석기인들이 숨어 있는 땅 아래 두더지 같은 것이다. 눈을 감고 두더지를 상상해보길 권한다. 두더지가 사각거리며 숨 쉬고 있다. 들숨과 날숨에 따라 조그마한 배가 들어갔다 나오기를 반복한다. 지렁이나 매미 애벌레를 먹고 있는지도 모른다. 땅을 파고 깊이 들어가 있거나 밖으로 나오려 하는지도. 그러나 우리가 상상할 수 있는 가장 정직한 두더지의 모습은 암흑이다. 아무것도 보이지 않는 것이다. 그럼에도 거기에는 두더지가 있다. 생텍쥐페리가 구멍 셋인지 여섯인지를 뚫어놓고 거기 양이 있다고 우기는 것처럼. 그럼으로써 시도 '있다'.

　　나는 길고 좁은 지하철의 환승 통로를 걸어가면서 여기까지 생각하다가 멈췄는데, 마치 생각의 끝처럼 웅장한 인파를 만났기 때문이다. 시계를 보니 오후 여섯 시. 퇴근 시간이다. 이 인파에는 사진처럼 도무지 헤아릴 수 없는 어떤 것이 숨어 있다. 이들은 여섯 시가 되기 전에 사무실을 박차고 나왔단 의미이기 때문이다. 신비한 것은 사진-이미지이나 시의 숨겨진-짐작 가능한 면모가 아니라, 사람이다. 나는 사진-이미지에 대해 생각할 때마다 매번 같은 결론에 도착하곤 한다. 그러면서 메고 있던 가방을 한 손에 들었다. 인파 속으로 몸을 던져 넣기 위해서.

사진 외유

    퇴근길. 아무 정거장에서 내려 카메라를 꺼내는 일은 왜 그토록 벅찬가. 아마 내가 나로부터 하차하며 내가 되지 않게 되기 때문이라고 생각한다. 손가락 하나 들 만한 힘조차 없을 때에도 이따금 나는 버스의 하차 벨을 누른다. 버스에서 내린 나는 돌연 외부인이 된다. 카메라를 들고 있는 사람이기 때문이다. 카메라를 들고 있는 사람은 렌즈의 안쪽으로 들어가지 않는다. 철저하게 바깥쪽에 있고 그렇기 때문에 관찰자이다. 사진 찍기는 슈팅shooting이지만, 그것만으로는 누구도 다치지 않기 때문에 안전한 의외성이라고 불러도 좋을 것이다.

포도鋪道에는 비둘기가 있다. 밤 비둘기이다. 그것은 조금 뜻밖이지만 나는 지나친다. 오래된 식당이 있다. 식당 안에는 사내 셋이 소주병을 늘어놓고 고기를 굽고 있다. 그중 한 사람이 낮 벌건 웃음을 터뜨린다. 취한 사내들은 사납다. 나는 그들도 지나친다. 그 옆에는 편의점이 있고 편의점은 어디에나 있다. 지나친다. 은행 ATM 기계 앞에 심각해진 뒷모습이 있다. 나는 카메라를 든다. 순간 그가 뒤돌아선다. 나는 아무 일도 없었다는 듯 카메라를 내리고 다시 걷기 시작한다. 횡단보도가 있다. 건넌다. 마주쳐 지나간 여자의 향수가 진하다. 향수는 찍히지 않는다. 나는 지나친다. 지나친다. 지나친다. 줄 지어 문 닫은 가게들의 거리. 그런 거리에는 짙은 어둠이 있다. 어둠을 사진으로 분간해 낼 수 있으면 좋겠다. 지나친다. 곧 전철역이 나온다. 전철역 앞에 부둥켜안은 채 떨어지지 않는 연인이 있다. 그와 같은 모습을 나는 참 여러 번 찍었다. 의미 있는 사진을 건진 적은 거의 없다. 그 이미지들은 거룩한 하나를 그려내지 못한다. 덩어리 진 사람들이 있을 뿐이다. 애틋함에는 보이지 않는 필터가 있는지도 모른다. 오직 몸으로 느낄 수 있을 뿐 보는 것은 허락하지 않는. 그런 생각의 곁을 나는 또 지나친다.

사진은 찾는 행위를 이끈다. 사진가는 사진 찍을 것을 찾는다. 사진이 될 장면을 두고 카메라를 찾는다. 파인더에 눈을 대고 서사의 구도를 찾는다. 숙달된 왼손이 적당한 거리값을 찾는다. 깜깜한 왼손이 마땅한 노출값을 더듬더듬 찾는다. 사진을 두고 사진을 찾기. 그렇기 때문에 찾기 위한 사진가의 걸음은 으슥하고 애처롭지. 그러나, 대체 무엇을. 목적어에 해당하는 명사는 수시로 몸을 바꾼다. 홀로 걷는 사람이 되었다가 버려진 우산이 되었다가 불 켜진 쇼윈도가 되었다가 그 속의 쓸쓸한 구두 몇 켤레가 되었다가 그림자가 되었다가 그리하여 카메라를 들이대면 그 앞에 있던 사진은 어디에도 없는 무언가처럼 사라진다. 내가 촬영하는 이미지들은 언제나 내가 찾던/찾는 것이 아니다. 그리하여 나는 내가 결과물을 보고 놀라지. 이것은 대체 무엇인가. 여기에는 어떤 의미가 있는가. 절박하게 찾기 시작한다.

낯익은 길로 접어든다. 몇 년 전 겨울밤 걸어본 길이다. 한 해의 끝. 몇 시간 뒤 나는 마흔 살이 될 것이었다. 곧장 집으로 가지 못했다. 아니, 갈 곳을 잃은 기분이었다. 카메라를 꺼내 들고 무작정 걷다가 이 길을 만났었다. 사람 많은 거리를 지나 길고양이 외에는 아무도 없는 골목에 접어들었다. 그래봐야 도망칠 수 없잖아. 우두커니 서 있다가 걸었던 길을 되짚어 나왔다. 몇 장의 사진을 찍었다. 그때 찍은 사진을 요즘도 가끔 본다. 모자 가게에 걸린 모자. 커피 머신을 등지고 개수대 쪽으로 돌아선 바리스타. 사진관 유리창 너머 여자의 등. 지금껏 내가 찍어왔던 사진들과 다를 바 없다. 거기에는 사진이 없다. 사진을 찾아 돌아다녔다는 흔적만 남아 있을 뿐이다. 유령 같은, 실재함의 의미나 가치 같은 것과는 무관한 나의 정념으로서. 그 이미지를 이따금 다시 꺼내 봄으로 인해 나는 나의 삶을 확인한다. 애써 걸어 어디까지 갔다가 아무것도 없음을 확인하고 돌아오는 길. 군데군데 멈춰 서서 그래도 내가 찾아다녔다는 사실을 증명하기. 그날은 손이 곱아들 만큼 추웠고 추위에 지쳐서 결국 커피숍으로 들어가 평소 마시지 않는 라떼를 시켰다. 커피숍 안은 온통 연인들뿐이었고 나는 책을 꺼내 읽었다. 얼음 덩어리처럼 차가워진 카메라가 차츰 제 온도를 찾아가는 것을 확인하면서. 그랬던 겨울밤. 이제와 그 기억은 일종의 예언과도 같다. 마흔 해 넘게 살고 나서야 나는 내가 오직 찾고만 있었다는 사실을 알게 되었다.

오늘도 틀렸어. 그럼에도 나는 카메라를 가방에 넣지 못한다. 체념이 불러일으키는 마음의 고요 위로 한 방울이 떨어져주기를 바라고 있다. 프로는커녕, 그럴듯한 아마추어도 되지 못하면서 그럼에도 단 한 장이라도 나를, 내가 찾고 있는 것을 증명할 수 있는 사진을 원하고 있다. 어리석게도. 문득, 나는 내가 찾는 것이 없지 않은가 생각한다. 잃어버린 사람처럼 멈춰서 물끄러미 뒤를 돌아본다. 거기에는 없다. 찾고 있는 것이 보이지 않는다. 문득 나는 내가 찾고 있지 않는 것일지도 모르겠다고, 카메라를 쥐고 스스로를 속이고 있는 것인지도 모르겠다고 생각해본다. 순식간에 나는 내가 찍은 것과 찍을 것을 부정해버리고 만진다. 사진이 없을 수 있다는 가정을 두고 나는 침착해보기로 한다. 카메라 가방을 어디에 두었는지 기억해내지 못하는 사람처럼 차분해지려 애를 쓰며 되짚어본다. 찾는 것이 없어진 까닭에 대해서. 어쩌면 그렇게 되어버린 나의 삶에 대해서. 너무나 슬픈 일이다. 영영 되찾지 못할까 봐 두려운 일이기도 하다. 나는 이런 기분을 잘 알고 있다. 백지 앞에서의 공포. 대체 글이란, 시란 무엇인가 알 수 없게 되어버리는 공황 상태. 그런 채로 하얗게 밤을 새운 적이 어디 한두 번이던가. 그러나. 아니다. 아닐 것이다. 마음은 움직이게 되어 있다. 무언가를 채워넣게 되어 있다. 시간은 포기한 채로 그대로 흘려보내게 우리를 내버려두지 않는다. 어쩌면 나는 찾음을 찾는 사람이 되어버릴지도 모르겠다. 사진을 찾기 위해 사진을 하는 일. 시를 찾기 위해 시를 하는 일. 오늘은 춥지도 않은데 깊숙한 한기가 느껴진다. 어느덧 정류장 앞이다. 잠시 고민한다. 여기서 다시 버스를 탈 것인가. 한 정거장 더 걸어갈 것인가. 버스가 온다. 나는 카메라를 가방에 집어넣는다. 버스의 헤드라이트 불빛이 정류장 사람들의 그림자를 멀리까지 보냈다 잡아 끌어오고, 나는 잠시 무언가를 본 것 같았다.

III.

———

시

이야기
- 쿠쿠의 커다란 자루

이것은 이제 세상에 없는 한 장 사진이다 내가 믿
는 기억이다 믿지 않는 기억을 감별하는 방법이다

사진 속에는 사내가 있다 자루를 잃어버리고 사
내는 운다 영화를 보며 울고 영화의 내용이 기억
나지 않아서 울다가 처음부터 다시 영화를 본다
영화가 끝나면 사내는 운다 기억이 나질 않아서
시간은 왼 팔뚝의 그림 깨알 같은 글자의 모양 나
는 읽는다 커다란 자루는 사라져버렸다 자루 속
에 대해 사내는 모른다 사내는 잊었다 사내는 다
시 영화를 본다 울기 위해서일까 사내는 대답하지
않는다 질문을 잊고 대답을 잊고 영화나 보자 눈
이 빨개져서 자루 같은 것을 뒤적이는 사내 잠깐
그거 뭐야 그거 어디서 난 거야 네가 잃어버렸다
던 자루 그거 아니야 사내는 자루를 한 번 보고 나
를 한 번 보고 고개를 젓는다 모르겠어 이게 뭐지

사내가 묻는다 이게 뭐냔 말이야 우스워진 사내는
울고 나는 곧 울 것만 같다 모르겠어 영화나 보자
사내는 영화의 대사를 외우고 있다 커다란 자루
같은 사내와 내가 찾는 자루에서 튀어나오는 곰처
럼 다음 차례의 대사는 흉폭하며 우는 사내는 참
행복해 보인다 뜻밖과 흉폭과 행복이란 한 자루의
것 습득과 유실 사이를 옮겨다니다 수풀 속에 숨
고 말지 왼 팔뚝의 그림은 그렇게 이해된다 뻔하
지 영화는 끝나기 마련이고 사내는 운다 나는 그
가 잃어버린 자루를 찾아주려 애를 쓴다 이 모든
일이 세상에 없는 한 장 사진에 대한 사연이라는
것을 깨달을 때까지

　　사진 속에는 사내가 있고 그 사진을 찍은 것은
나였다

이야기

- 책장에 꽂히지 않을 만큼 커다란 상념에 대하여

딱딱한 물질의 몸은 가리지 않았다 나는 막 집에 돌아온 참이고 물을 한 잔 마시고 난 다음 샤워를 할 계획이었다 아직 아무것도 눈치채지 못했다 냉장고 문을 잡아당겨 차가워진 물병을 꺼낼 때에도 그러곤 두리번거리다

중얼거리듯 물잔을 집어 들며 혀를 찰 때에도 눈치를 채지 못했다 그것이 교묘한가, 하면 그렇게 생각하지 않는다 그것은 충분히 커다랗다 단 한 번도 딱딱한 물질의 몸은 가린 적 없다 눈치를 채지 못한 나는 가방을 벗어 어둔 방안에 던져놓고 그때쯤 망설였지만 옷을 벗으며 궤변으로부터 출발하는 생각을 했다

건조한 팔뚝을 쓰다듬으며 우뚝 서 있다가 욕실의 불을 밝혔다 난데없이 환해지는 상심 머리 위로 쏟아지는 후회 눈치 없이 지나가는 시간 내가 몸을 씻는 동안 말해둘 것이 있다 딱딱한 물질의

몸은 조금도 움직이지 않았다는 사실이다 크기와
는 무관하게 어떤 의미도 가지고 있지 않은 것처
럼 움직이지 않기 때문에—그러니 그것을 이미지
라고 불러도 좋을까

　이제 와 되묻기에는 너무 늦어버렸지만 욕실의
문이 열리고 나는 한껏 젖어버린 자의식으로 욕실
밖으로 걸어 나오면서 알아채기 시작한다 세상에
는 그런 일도 있다 기어코 한꺼번의 쪽으로 움직
여가는 운명 머리를 말리고 속옷을 챙겨 입고 다
음엔 잠옷을 입고 …… 하나씩 하나씩 모든 일의 결
론을 모두가 알고 있다 깊은 밤이란 모든 것을 떨
어뜨리고 마는 기척이다 떨어뜨린 것을 숨겨놓는
커다란 주머니이고

　나는 모른 척 책을 덮는다 언제쯤 멈출 수 있을
까 침대에 누워 딱딱한 물질의 그림자에 눌린 채
뒤척이다 비로소 외면할 수 없고 모를 수도 없는

혼곤한 잠에 빠져든다 그사이 딱딱한 물질의 몸은
가리지 않는다 우두커니

그러나 다음 정거장으로

뚝섬역에서 한양대학교역으로 옮겨 갈 때 진행
방향의 왼쪽 창문에 어리어 있는 나는 왜 거기 있
는지 알지 못한다 창밖 거리에는

불 꺼진 지붕들 다 식은 보닛의 자동차들 종일
한마디도 하지 않은 컴컴한 문 근처에는 짖지 않
는 한 마리 흰 개가 묶여 있을 것이다

나는 주머니 속 카메라를 꺼내지 않는다 너무
빨리 지나가버리는 앎이란 통증을 닮았다 밤새 나
를 괴롭히는 흑과 백의 누추한 서사

어깨는 한 번 더 주저앉고 곧 겨울이다 진행 방
향의 왼쪽 창문에 어리어 있는 나는 무슨 말을 하
려는 것 같다 그래봐야 신음 같은 것

마침내 강물이 보인다 그것은 지나간 시간이고 반짝이는 바다 같아 무언가 사정없이 내리꽂히고 있다 눈을 가늘게 떠본다 보일 것 같아

그런 식으로 받아들이는 것이다 그러지 말았어야 했다 하지만 너무 늦어버렸지 정신을 잃을 것만 같다 나는

곧 도착할 것이다 내가 도착하고 있는 것일까 춥다 그러려 한다 나는 왼쪽 창문에 어리어 있는 나에게 다가가 동그란 입김을 남겨주고 싶었다

느려지고 있어 천천히 마침내 작별이다 잊지 않기 위해 나는 카메라를 꺼내어 셔터를 누른다 하얗게 터져버리는 사방

모두가 나를 보고 있다 그렇대도 나는 내릴 것
이다 함께 내린 이들과 어깨를 맞대고 계단을 따
라 내려갈 것이며

열차는 천천히 떠나고 점점 더 빨라진다 진행
방향 왼쪽 창문에 어리어 있는 나는 그러나 다음
정거장으로 가고 있다

이야기

- 색

색에 대해서라면 먼저 소리를 들어보아야 한다
고 너는 모은 두 손을 한 귀에 대고 가만히 그러니
까, 양철로 만든 음악이 내려다보이는 겨울의 육교
계단을 올라가는 발소리 미끄러운 소란 끝에 얼어
붙은 겨울의 볕이 방문한 한적한 이발소 벽에 붙
은 흑백사진 네 장 속 남자들은 모두 잘 생겼고 창
밖으로 보이는 보울러를 쓴 노인 들려? 네가 묻는
다 검정치마를 입은 소녀가 키우는 어항 바닥 가
라앉은 금붕어 비늘은 차가워 향나무에 쌓인 눈처
럼 소복한 윗집 남자의 한숨소리 너는 미간을 좁
힌다 어지러워 아주 작은 것들을 들으면 눈을 꼭
감고 뱅글뱅글 돌아가는 눈꺼풀 속 다채함과 이번
에는 여름의 껌 종이 뒷면의 흰색과 네가 좋아하
는 맨투맨 티셔츠의 초록색이 빙글빙글 돌아가는
여름에 네가 그리고 내가 물속에서 놓친 손바닥
파닥거리며 더 깊은 쪽으로 잠행해 들어가는 너는

반짝 눈을 뜨고서 들려? 다시 묻는다 그러면 나는
그렇다고 해야지 깜깜하고 어슴푸레한 창문 있는
작은 방에서 아니 그런 방에 있는 것처럼 그 방에
는 책상이 있고 두껍고 커다란 색이 놓여 있다고
상상하면서

끝을 좋아하지 않는다. 아니 나는 끝을 믿지 않는다. 안녕. 손을 흔들고 뒤돌아서면 그만. 세상에 그런 일이 어디 있나. 무엇이든 어떤 방식으로 이어져간다. 끝없이. 문학의 허구성은 맨 마지막 장이 있다는 데에 있으리라. 영화라면 엔딩 크레디트. 연극에서는 암전. 음악은 페이드아웃. 설치나 페인팅은 화이트 큐브. 그러면 사진의 끝은. 사진의 끝은 망각이겠지. 완전한 망각. 아무도 기억하지 않을 때 한 장의 사진은 마침내 끝이 난다. 그것이 사진의 허구.

내 친구 오기가 가지게 된 사진 앨범을 생각한다. 오기는 그 앨범을 외국의 벼룩시장에서 구매했다고 했다. 어떤 가족의 것이었는데, 파는 이도 그들이 누군지는 모르더라고 말해주었다. 벌써 10년도 전에 들은 이야기를 여태 기억하는 이유는, 오기가 그 앨범 속 인물들 한 명 한 명마다 이름을 붙여주었다, 했기 때문이다. 사진은 실제가 아니며 나는 이들이 누군지도 모르는걸. 그러니까 괜찮아. 어차피 이름은 구분을 위한 발명이잖아. 오기는 웃었다. 이따금 나는 외국의 한 벼룩시장에 나의 사진이 담긴 앨범이 놓여 있는 것은 아닐까. 상상해본다. 누군가 사진 속 '나'에게 다른 이름을 붙여주었다 해도 괜찮다. 실은 내가 허락하고 말고 할 문제가 아니다. 다만 궁금하다. 거기서 사진 속의 '나'는, 다른 기억에 안착하여 새롭게 살기 시작한 '나'는 안녕할까. 여기의 '나'가 꽤 늙어버렸다는 사실을 짐작이나 할 수 있을까. 부디, 그곳에서 행복하길. 여기의 '나'보다 더 오래 이어져가기를.

　'사진과 시'라고 해놓고선 사진, 정확히는 카메라 이야기만 했다는 게 마음에 걸린다. 차라리 잘되었다는 생각도 한다. 사진과 카메라는 손댈 수 없이 붙어 있는 관계이며, 시에 대해서라면 나는 이미 시로 이야기하고 있다. '시'를 '하다'라는 입장에서 내 삶의 한 줄기 그것도 일부를 내비쳤다는 점에서 어느 정도 만족하고 있다. 어디까지나 어느 정도이지만, 글쎄. 과연 내가 만족할 만큼 써나

갈 수 있는 그런 날이 오기는 할까. '잘 모르겠다'라는 관용구로 자신 없음을 감춰본다. 생각보다 지난한 작업이었지만, 반복과 반복, 피상과 모순으로 점철된 글쓰기였지만, 앞으로 내가 무엇을 하고 싶은지, 더 해나가야 하는지 갈피를 잡았다 짐작하는 것만으로 만족한다. 아쉬움이 있다면 나의 탓이지만, 이를 기대로 치환해준다면 기쁘겠다. 여기까지 닿아주어 고맙다는 인사를 전한다.

지치지 않고 초고를 읽어준 이들과 이 글에 나타난 당신들에게, 펜세금포럼의 시창, 재만, 승준, 성주 님을 포함한 모든 형님, 친구들 그리고 쿠쿠와 그 시절에게, 언급했거나 미처 언급하지 못한 거의 모든 사진가들에게, 어머니, 전, 나의 가족들에게, '사진'과 '시' 둘 사이에서 절망을 거듭할 적에 옆에 있어준 시인이고 편집자인 서윤후에게, 끝없는 수정을 넉넉한 마음으로 이해해준 디자이너 정유경 님에게, 독려란 무엇인지 보여준 아침달 대표 손문경 님에게 깊은 감사를 전한다.

누구보다 롤랑 바르트. 당신의 글이 없었다면
나의 절반은 없었을 겁니다.

위트 앤 시니컬에서

유희경

일상시화

사진과 시

1판 1쇄 펴냄 2024년 8월 1일

지은이   유희경
편집   서윤후, 정채영, 이기리
디자인   정유경, 한유미

펴낸이   손문경
펴낸곳   아침달

출판등록 제2013-000289호
주소 04029 서울시 마포구 양화로7길 83(서교동 480-26) 5층
전화 02-3446-5238
팩스 02-3446-5208
전자우편 achimdalbooks@gmail.com

ⓒ 유희경, 2024
ISBN 979-11-89467-51-7 03810